SV

Inhalt

Abschied von Montparnasse 9

Othello für Anfänger 17

Traber-Sonate 46

Alte Zwinger 69

Tempelschlaf 94

Sterne tief unten 119

Der Hunger der Vergesslichkeit 158

Frischer Schnee 194

für Anja

Abschied von Montparnasse

Die Zeit war um, und sie wusste nicht recht, ob sie froh oder ängstlich sein sollte. Ein knappes Jahr voller nervenaufreibender Arbeit, ein Hörsturz und zwei Kilo Übergewicht für einen Halbsatz auf dem Papier … Immerhin hatte sie ihn selbst formuliert, und es mochte für die Zukunft nicht unbedeutend sein, dass neben den üblichen Begriffen wie Top-Down-Ansatz und Allokation auch das Wort Paris darin vorkam. Das war die Biographie, man würde sie danach fragen. Und das Leben?

Sie hatte den Nachmittag frei bekommen und wollte noch ein paar Geschenke kaufen. Doch während sie an den Schaufenstern der rue de Rennes vorüberging, achtete sie mehr auf ihr Spiegelbild als auf die Auslagen. Eine junge Frau mit selbstbewusster Haltung, der man in einem entsprechenden Kostüm den Beruf wohl angesehen hätte. Aber sie bevorzugte Jeans und Twinsets, möglichst schwarz; das reichte für die Arbeit hinterm Bildschirm völlig aus, auch in Paris. Auf die Schuhe kam es an. Und auf den richtigen Nagellack.

Sie wohnte in der rue Delambre, in einer Hinterhofwohnung mit Drei-Faden-Dusche und knisternden

Lichtschaltern, und weil ihr plötzlich graute vor den dunklen Räumen und den beiden zu packenden Koffern, beschloss sie, auf einen Kaffee ins »Dome« zu gehen, auch wenn sie es nicht besonders mochte. Aber seit dem Morgen wehte ein kühler Wind, und es hatte eine verglaste Terrasse.

In der Tür lehnte wie immer der unvermeidliche Pierre – Pierre Camembert, wie sie ihn heimlich nannte –, in dessen Augen sie keine Gnade gefunden hatte in all den Monaten, jedenfalls nicht in Jeans und Twinset, da konnte das Trinkgeld noch so großzügig gewesen sein. Und dass sie im Nachbarhaus wohnte, galt ihm nichts. Nur ihr fuchsrotes Haar rettete sie gelegentlich, und an Tagen wie diesem, Vollmondtagen, schimmerte er durch, der Hauch von Geilheit hinter seinem hochmütigen Desinteresse. Er nickte knapp und trat zur Seite – gerade so viel, dass sich ihre Kleider nicht berührten. »Bonjour Mademoiselle. Schulfrei?«

Dann hielt er ihr den Windfang auf, einen Vorhang aus dunkelgrünem Filz, und sie stieß etwas Luft durch die Nase und bestellte einen Grande Crème. Die Terrasse war fast leer an diesem frühen Nachmittag, nur ein älterer Mann in einem dunkelblauen Anzug saß an dem Tisch in der äußersten Ecke, trank ein kleines Glas Wein und schaute auf den Boulevard. Aus seiner Jackentasche ragte ein Buch, in dem ein paar Federn steckten, und auf dem freien Rohrsessel neben ihm lag ein Hut, oder besser: er stand dort, wie eine Schale. Ein rehbrauner Hut, randvoll mit Pilzen.

Sie setzte sich in einigem Abstand und schlug die Beine übereinander. Die Zeit war um, und was kam jetzt? An Berlin dachte sie, an die Maisonette-Wohnung im Grünen, die Bertram für sie ausgesucht hatte, unsinnig viele Zimmer, an den vergrößerten Firmensitz und das neue Büro, das sie nach der Hochzeit beziehen würde, und plötzlich fühlte sie eine leise Verzagtheit. Doch als der Kellner ihr den Milchkaffee brachte, hob sie das Kinn. Eine Quittung musste ausgestellt werden.

Sie wusste, wie ihr Lächeln wirkte; fast täglich, kaum zu sagen, gebrauchte sie es. Es konnte Unterschriften ersetzen, und auch in Pierres Miene löste sich etwas. Natürlich keimten jetzt Hoffnungen in dem kleinen Camembert, und sie strich sich eine Strähne hinters Ohr und sagte: »Danke, Monsieur. Sehr freundlich. Ich wollte zwar einen *großen* Kaffee, aber egal ... Wissen Sie übrigens, dass Sie ganz außergewöhnliche Beine haben?« Da ging es auf, das Staunen in seinen Jägeraugen, und er legte den Kopf schräg, runzelte die Brauen; eigentlich war sein Mund recht hübsch. Sie drückte die Fingerspitzen gegeneinander. »Doch, doch. Ein fast vollkommenes O.«

Dass einer wie er die Fassung verlieren würde, war natürlich nicht zu erwarten; dass ihm diese Fassung momentlang die Kehle beengte, schon. Er öffnete den Topf mit den Zuckerbriefchen, riss den Bon ein und nahm den Geldschein vom Tisch. »Oui, Madame«, sagte er heiser, und es klang fast ein wenig bekümmert. Dabei zählte er ihr das Wechselgeld hin. »Aber was soll man machen. Das kommt vom Schweine-Reiten.«

Dann ließ er sie allein, und durchatmend sank sie zurück und sah auf die Kreuzung hinaus, auf den Strom der Passanten vor dem »Rotonde«. Einige fotografierten das grün angelaufene Denkmal des Dichters, wie hieß er noch … Jedenfalls war es von Rodin, jedenfalls stand es in Paris, mein Gott, Paris … Diese verbrauchte Schönheit. Dieser Glanz von gestern. Nicht einen Menschen hatte sie kennen gelernt in dem Jahr, von irgendwelchen Juristen oder Geschäftsleuten abgesehen. Nicht ein einziges Mal war sie eingeladen worden von den französischen Kollegen, die junge, zunächst wohl etwas hilflose Deutsche; mit kaum einem hatte sie gesprochen außerhalb der Bürozeiten, zumindest mit keinem, der sie neugierig gemacht hätte. Und die Männer, die sich beim Feierabendbier an der Theke des »Select« neben sie gestellt hatten, waren in ihren Absichten so unverhohlen gewesen, dass sie es kaum glauben mochte. Manger et coucher, so einfach konnte das Leben sein, so zum Schreien.

Sie winkte Pierre, bestellte sich einen »Martell« zu dem Kaffee und warf bei der Gelegenheit einen genaueren Blick auf den Hut jenes Mannes, der außer ihr auf der Terrasse saß. Kein Zweifel, es waren Pilze, Waldpilze, wie auch ihr Vater sie oft gesammelt hatte, meistens am Schlachtensee. Sie konnte Ritterlinge, Schirmlinge und Rotkappen erkennen, und plötzlich roch sie das erdige Aroma und fragte sich, wie man hier, mitten in der Stadt, wo man die Metro unter den Füßen fühlte und die an- und abfahrenden Busse auf dem Boulevard du Montparnasse, Ecke Raspail, die mageren Straßenbäumchen erzittern ließen, an einen Hut voller Waldpilze kam.

Sie tippte mit dem Löffel gegen ihre Schneidezähne und drehte sich etwas auf dem Stuhl, um den Mann näher zu betrachten. Knöchelhohe Stiefel trug er, gut zum Wandern, und vermutlich war er nur wenig größer als sie: ein Brillenträger mit kleinem Oberlippenbart, sehr edel gebogener Nase und einer ungewöhnlich hohen, etwas einschüchternden Stirn. Ein Mann, der dem zerfurchten Gesicht zufolge durch manchen Schmerz gegangen war in seinem Leben, viel gedacht und wohl auch gelesen hatte und an dem doch nichts von einem Intellektuellen war, im Gegenteil. Wind- und wettergegerbt sah er aus; in seinen halblangen Haaren, am Hinterkopf eine beeindruckende Menge und trotz des Alters nur vereinzelt grau, hing eine welke Kiefernnadel. Das Kinn hielt er stets ein wenig erhoben, die Hände ruhten gelassen auf den Armlehnen des Stuhls; groß, stark und doch sensibel, mit deutlich sichtbaren Monden auf den Nägeln, waren sie die eines Einfühlsamen, eines Liebhabers gar. Woher sie das wusste? Alle Pilzsammler haben zärtliche Hände.

Der Ledersaum des Windfangs schleifte über den Boden. Pierre, im Vorübergehen, stellte den Cognac vor sie hin, trat an den Tisch des Mannes und fragte nach einer knappen Verbeugung, ob er noch etwas wünsche. Der schüttelte den Kopf, schob ihm das leere Weinglas und das Tellerchen mit den Münzen entgegen und stand auf, knöpfte sich die Jacke zu. Etwas klickerte in den Taschen, es klang nach Kieseln, und vorsichtig fasste er unter den Hut und hob ihn vom Stuhl.

Wie wesentlich er aussah neben diesem Camembert, der sich vermutlich für Gottes größtes Geschenk an die Frauen hielt, wie uneitel und doch selbstgewiss, und dazu passte auch seine Stimme. Er sagte etwas über das Wetter, und so wie der Blick auf die Straße vorhin kein Beobachten, sondern ein Schauen gewesen war, ohne jede Anmaßung, kam diese Stimme ohne besonderen Nachdruck aus, war überraschend weich und scheinbar defensiv und dabei doch kraftvoller als die verklemmten Brusttöne des Kellners. Weil sie die Stille hinter sich wusste, dachte sie unwillkürlich, und zum ersten Mal in dem ganzen Jahr hatte sie das Gefühl, einen wirklich interessanten Mann zu sehen – umso mehr, als er von ihr und ihren Blicken immer noch nichts zu bemerken schien. Auch nicht, als sie sich räusperte.

Mit deutlichem Sammlerstolz die Pilze betrachtend, schritt er durch das Lokal. Eine der Federn, die aus seinem Buch ragten, war von einem Eichelhäher, und sie nippte an dem Cognac und setzte sich etwas aufrechter hin. Ein offenbar teurer Nadelstreifenanzug –

das Markenetikett hing noch am Ärmel –, ein verwaschenes T-Shirt und alte Wanderstiefel: irgendwie kam ihr der Mann bekannt vor. Aber vielleicht irrte sie sich, vielleicht war das mehr Wunsch als Wahrheit, zumal sie in seinem Französisch einen Hauch von Akzent gehört hatte, österreichisch oder deutsch.

Trotz der schweren Sohlen ging er leichtfüßig, und schon war er an ihrem Tisch vorüber und griff nach dem grünen Filz, da nahm sie allen Mut zusammen – mein Gott, es war ihr letzter Tag –, holte Atem und sagte: »Entschuldigung? Ich kenne Sie!«

Überrascht blieb er stehen, blickte sich um. Auf den Gläsern der randlosen Brille gab es Fingerabdrücke, und angesichts seiner Augen, der Güte und der Helligkeit darin, obwohl sie dunkel waren, wusste sie momentlang nicht, wohin sie schauen sollte vor Scham, und rettete sich in ihr Lächeln. Das jedoch gleich wieder verblasste. »Aus einem Traum …«, fügte sie gedämpfter hinzu und konnte es selbst kaum glauben; das Schlucken schmerzte im Hals.

Was, zum Teufel, war in sie gefahren? War sie noch bei Trost? Hatte sie es wirklich so nötig? An die vielen einsamen Frauen in der Stunde des Aperitifs musste sie denken, traurige Gestalten, die keiner mehr nach ihrer Biografie fragte und denen man ansah, dass die einzige Zärtlichkeit des Tages die Berührung mit dem Puderpinsel war. Und welche Antwort, wenn überhaupt eine, würde sie einem Kerl geben, der sie derart angemeiert hätte? Zum Glück hatte sie deutsch gesprochen, so dass sie wenigstens nicht den Spott des Kellners fürchten musste, seinen eisblauen Blick. Ich kenne Sie aus einem Traum. Du lieber Himmel!

Doch der Mann, der sie aufmerksam betrachtet hatte, schien nicht verärgert zu sein. Er lockerte die Pilze im Hut, zupfte einen Grashalm aus den Lamellen. »Ja!«, sagte er endlich und lächelte ernst. »Ich erinnere mich ...«

Dann schloss er kurz die Augen, ein sanfter Gruß, schob den Vorhang mit dem Handrücken beiseite und ging hinaus. Die Scheibe, vibrierend von den Bussen, die gerade anfuhren, war staubig, sein Bild verschwamm, und ob er noch einmal gewinkt hatte am Straßenrand – sie konnte es durch ihre Tränen nicht sehen.

Othello für Anfänger

»Ich ließ meine Haare in Avignon ...« Vielleicht wird das mal ein Lied. Der Salon war voller Chrom, und der Lüster unter der Decke funkelte in der Morgensonne, während die Schere um meine Ohren zwitscherte. Immer mehr Strähnen fielen auf das Parkett mit dieser gespenstischen Lautlosigkeit, und Dinah wendete sich ab, als sie mein Lächeln im Spiegel bemerkte, trank etwas Kaffee. Der neue, von einer leisen Trauer unterlegte Ernst in ihren Augen machte sie deutlich älter, und ihr Gesicht war zum Erbarmen blass, wie oft nach dem Aufstehen. Doch an dem Morgen lag das sicher nicht nur an den Tabletten. Es lag auch an mir.

Ich blickte auf die seltsam stumpfen, plötzlich gar nicht mehr so blonden Haare in meinem Schoß, ganze Hände voll, und wunderte mich, wie kühl sie sich anfühlten. Dabei hatte ich immer nur geschwitzt unter ihnen. Froh war ich, sie endlich loszuwerden, und dachte an die Videos, die wir in Grasse gemacht hatten, an die wild aufspringenden Lämmer nach der Schur. Und dann stellte ich mir den Blick meiner Eltern vor, und wie Papa entgeistert »Friederike!« sagen würde, »Fritzi-Kind, wie konntest du das tun?«

Aber mein Gott, was sind Haare, dieses Gehirnstroh, und was machen die Menschen für ein Theater darum. Als Mama einmal geschäftlich nach Mexiko musste, war ihre einzige Sorge der Adapter für den Lockenstab gewesen. Sie konnte keinen kriegen und sah schon alle Verhandlungen gescheitert, weil die Außenrolle nicht richtig wippte. Sogar Dinah, eigentlich ein Freak, verbrachte mehr Zeit mit dem Föhn als mit den Büchern ihrer geliebten Virginia Woolf.

Sie trug das dunkelgrüne Satinkleid und die Kette aus Holzkugeln, die sie in Toulouse geklaut hatte, und wenn sie an der Zigarette zog, sah das Gesicht mit den schwungvollen Lippen noch eleganter aus. Ihre stolze Schönheit hatte uns vieles erleichtert auf der Reise, ein prima Schutz. Keiner zog so drohend die Brauen zusammen, und wir waren kaum je belästigt worden.

Die Friseuse massierte mir irgend etwas in die Kopfhaut, vermutlich eine Nährlotion für den Heiligenschein; es brannte ein wenig, nicht unangenehm, und ich schloss die Augen. – Keine Belästigungen, aber wir hatten auch niemanden kennen gelernt, oder bloß Frauen, die ebenfalls paarweise reisten und mit denen wir in Olivenhainen und Amphitheatern herumgestiegen sind und Wein getrunken haben, immer mehr Wein, bis das Gefummel anfing …

Das Windspiel an der Ladentür klingelte, ein silberner Laut, und als ich die Augen wieder öffnete, ging Dinah gerade über die Straße und verschwand in dem kleinen Hotel, in dem wir wohnten, »Reine des Violettes«. Am Bordstein warteten ein paar von diesen Touristenkutschen mit den armen welkenden Pferden davor, und immer noch fühlte ich mich miserabel, als wäre ich an allem schuld. Und vielleicht war ich es ja.

Ich spiele Gitarre in einer Jungsband, auch Bass, und wenn mal jemand »Bleeding« hören sollte auf YouTube oder »Religious Rats« – die Texte sind von mir. Ich wollte mir alles aufschreiben damals, jedes Detail, das ich bemerkenswert oder schön oder abstoßend fand, und besonders jede Empfindung. Alle um mich herum schienen immer genau zu wissen, was sie fühlten, aber mir war es selten wirklich so klar, dass ich es formulieren konnte. Also übte ich mich darin, und je mehr ich schrieb, desto undeutlicher wurde alles und kam mir am Ende nur schwülstig oder kitschig vor. Aber was half's, sogar Shakespeare schien da Probleme gehabt zu haben; ich musste an die Stelle bei ihm denken, wo er von irgendeiner schönen Frau sagt, an ihr würde jede Beschreibung zum Bettler. Und das war vielleicht der Trick in der ganzen Literatur! Du kannst etwas nicht ausdrücken – aber das sagst du so umwerfend, dass es keine Rolle mehr spielt.

Ich meine, ich hatte bis dahin schon Sex gehabt, wenn auch nicht besonders scharfen. Der Typ, ein schulbekannter Jungfrauen-Jäger, wie ich später hörte, brauchte wohl nur eine weitere Kerbe in seinem Kolben. Und dann habe ich Sven, unserem Keyboarder, mal einen geblasen. Das war im Suff gewesen, nach einem Flipper-Duell. Hätte ich gewonnen, wie fast immer, denn ich bin gut, wäre eine neue Mofalackierung für mich herausgesprungen. Aber ich hatte verloren, wenn auch nur knapp, und er spritzte schneller, als ich »Kleenex« denken konnte. Ich wurde den ganzen Abend den Geschmack nicht los: viel zu warmer, nikotinhaltiger Joghurt mit Birnenstückchen drin. Trotzdem stehe ich mehr auf Jungs, glaube ich.

Draußen kam Wind auf, dieser Mistral, wie schon oft in den letzten Tagen. Der kann einem furchtbar auf die Nerven gehen. Manchmal hat man das Gefühl, das stete Wehen würde einem die Knöpfe von der Jacke schneiden. Die Friseuse blickte mit mir in den Spiegel, legte beide Hände an meine Schläfen und korrigierte die Kopfhaltung. Dabei lächelte sie mir zu. Meine Haare waren zwar noch feucht, aber man konnte schon sehen, wie sie liegen würden. Die Länge gefiel mir, und die Frau, die überall Sommersprossen hatte, nur an den Innenseiten ihrer Arme nicht, klappte ein Rasiermesser auf und stufte damit ein paar Strähnen ab. Das klang nach Gras, das gerupft wird, und ich schloss wieder die Augen und dachte an den letzten Abend am Fluss, an die Boote mit den

Fackeln am Heck und die Ziegen unter der halben Brücke.

Den ganzen Tag hatten wir uns Theateraufführungen angesehen; zufällig waren wir in das Festival geraten, das jedes Jahr in Avignon stattfindet. An allen Ecken standen Musikanten, Pantomimen oder Feuerschlucker, und es gab Artisten, die nur aus schweißglänzenden Muskeln zu bestehen schienen und deren Gravitationspunkt irgendwo hinter den Sternen lag. Riesige Puppen mit klappernden Augenlidern tanzten umher, dressierte Hunde jaulten Verdi, und auf dem Platz vor dem Papstpalast wurden Molière-Komödien auf Bühnen aus Getränkekisten gespielt. Aus jeder Gasse schallte Applaus.

Spätabends gingen wir in ein Bistro an der Rhône, und ich bestellte einen Salat mit Sardinen und eine Flasche Wasser, stilles Wasser. Ich war den Alkohol langsam leid. Dinah, die ihr orangefarbenes Top aus Nizza trug – auch das nur mit leichtem Handschweiß bezahlt –, nahm ein wenig Käse und einen halben Liter Châteauneuf du Pape, weil der zu ihrem Nagellack passe: ein Witz, den sie auch schon bei anderen Rotweinen gemacht hatte. Wobei sie wie immer erwartete, dass ich es nicht bemerkte und ihr mein beifälliges Lächeln schenkte.

Doch als ich dieses Mal kaum reagierte, verfinsterte sich ihr Blick, und während sie trank und ich mir die zarten Wirbelsäulen der Sardinen zwischen den Zähnen hervorzog, starrten wir auf den Fluss, der so schwarz war, dass man sein Fließen nicht sah. Weiß der Teufel, woher die plötzliche Missstimmung kam; der Mond war noch lange nicht voll, und keine von uns hatte ihre Tage. Akkordeonklänge hallten unter den Brückenbogen wider. Ein Auto stand am Ufer, ein verbeulter Truck, und eine Frau in einer Kittelschürze molk im Licht der Scheinwerfer Ziegen.

Dinah benutzte übrigens klaren Lack, immer schon. Sie war damals in der Parallelklasse gewesen, doch kennen gelernt hatten wir uns erst, als sie zu den Faxenmachern kam – so nannte man die Oberstufen-Truppe, in der gerade Shakespeare geprobt wurde, »Othello« in einer gekürzten Fassung. Ich war für die Desdemona ausgesucht worden und hatte arge Schwierigkeiten damit. Lieber hätte ich jemand anderen gespielt, das Schwein zum Beispiel, diesen Jago, den verstand ich nicht. Den hätte ich runtergelernt, und fertig. Aber Desdemonas Liebe war so rein, so edel, und weil ich im Gegensatz zu ihr wusste, wie das Stück ausging, und ihr das Schicksal am liebsten erspart hätte, legte ich die Rolle viel zu zaghaft an, wie auf dünnem Eis. Zwei Othellos waren schon an mir verzweifelt; die Kerle hatten einfach kein Rhythmusgefühl. Die kratzten sich wie Affen und dachten, meine Pausen wären Hänger. Dabei schaffte ich mir nur Raum. Ich wollte nicht in einem Schwank sterben. Der Part des schwarzen Generals war demnach frei, und als Dinah sich anbot, lachen fast alle. Doch Herr Lünstedt, unser Lehrer, hatte erst mal nichts dagegen. Irgendwo in Berlin lief gerade der »Hamlet«, und der wurde auch von einer Frau gespielt, und zwar ziemlich gut, wie man hörte. Aber ich gehe nicht ins Theater; in der gespannten Stille kriege ich immer Bauchgrimmen, weil ich so unregelmäßig esse. Das ist total laut, und dann schäme ich mich in Grund und Boden.

Innerhalb weniger Tage lernte sie ihren Text und besorgte sich eine blaue Uniformjacke mit goldenen Schulterbürsten und einen viel zu langen Degen aus Blech. Er schleifte auf dem Boden und schepperte bei jedem Schritt. Ihre Hände, den Hals und das Gesicht schwärzten wir mit zerbröselter Zeichenkohle, und das sah schon ziemlich aufregend aus zu den dunklen Locken, besonders wenn sie lächelte. Wahrscheinlich hat man das im sechzehnten Jahrhundert nicht anders gemacht.

Geprobt wurde nachmittags, in der Aula, und meistens musste ich danach in die Turnhalle zum Duschen, denn Dinah umarmte und befingerte mich wie ein Mann, wie ein schwitzender dazu, oft sogar mit einer Fahne. Sie stampfte auf in ihren Cowboystiefeln und schrie und rollte mit den Augen, sie fletschte ihre herrlichen Zähne und zerrte mich an den Haaren über die Bretter. Und einmal, als sie mir laut Regieanweisung eine Ohrfeige geben musste, schlug sie in ihrem Feuereifer so fest zu, dass mir die Tränen kamen. Dauernd vergaß ich meinen Text.

Trotzdem machte es Spaß mit ihr. Ich freute mich plötzlich auf jede Probe und fühlte mich auch nicht mehr so verkatert hinterher, als hätte ich etwas im Grunde Albernes oder Peinliches getan. Shakespeare klingt ja so künstlich auf der Bühne, wo jedes Gefühl oder jeder Witz wie in Gips daherkommt. Er ist viel wahrer, viel erschütternder im Buch. – Vor den anschließenden Diskussionen verdrückte ich mich allerdings meistens. Man zitterte noch von den letzten Worten oder wischte sich den Angstschweiß aus dem Nacken, und auf einmal ging es um zentrale Motive, Schrittfolgen oder Beleuchtungsfragen, furchtbar. Alle quasselten durcheinander, und dann sehnte ich mich immer nach meiner Gitarre, nach einem einzigen klaren Ton.

So war es auch an dem Tag vor der Premiere. Ich hielt den Kopf unter die Dusche, die Haare voller Zeichenkohle, und sah zu, wie das schmutzig graue Wasser über meinen Körper lief und im Abfluss verschwand. Und während ich mir die Hände zwischen die Schenkel schob und durch die Finger pisste, rezitierte ich meinen letzten Vers, dieses unglaubliche »Töte mich morgen, lass mich heut noch leben«. Ich gurgelte ihn sogar, in Dur. Das ganze Stück steckt in dem Satz, auch wenn unser Lehrer das anders sah. Der schrieb Artikel für Wikipedia, und meine Probeklausur war schon mal ein Schuss in den Ofen gewesen.

Ich freute mich wahnsinnig auf die Wochen nach dem Abi. Dinahs Mutter, eine Galeristin, wollte ihr ein Cabrio schenken. Es stand bereits in der Garage, und wir hatten vor, ein bisschen durch die Vogesen zu kurven, dann ein paar Tage irgendwo zu baden und schließlich Städte abzuklappern: Cannes, Orange, Aix-en-Provence, alles, was gut klang. Aber in erster Linie wollten wir uns von dem Prüfungsstress erholen und schlafen und essen und albern sein. Wir würden hemmungslos Koryphäe mit Konifere verwechseln und abfeiern bis in die Puppen.

Als ich in den Umkleideraum kam, saß sie auf der Bank und steckte sich eine ihrer Selbstgedrehten an. Auch sie hätte eine Dusche nötig gehabt, ging aber meistens schmutzig nach Hause. Der Degen hing am Türgriff und pendelte hin und her, die Jacke stand offen, und sie kratzte sich das Knie, das aus ihrer zerrissenen Jeans hervorsah. »Na, General, was nagst du so die Unterlippe?«, fragte ich und wedelte mit den Händen. »Dein ganzer Bau erbebt in blut'ger Wut! Das sind Vorzeichen! Doch hoff ich sehr, sie deuten nicht auf mich?«

Weil das Weiße ihrer Augen im Kontrast zur Kohle so leuchtete, wirkte das Blau der Iris viel tiefer. »Hör bloß auf … Ich glaub, ich schmeiß den Krempel hin«, murmelte sie und gab mir das Badetuch. »Rate mal, was die Laake meint, diese Gucci-Kuh. Ich wäre ihr nicht männlich genug in der Rolle. Die will, dass ich was mit meiner Stimme mache. Zündkerzen fressen, oder die Stoppeln meines Vaters aus dem Rasierapparat löffeln, nehme ich an. Jedenfalls soll ich dunkler sprechen, mit mehr *Timbre*.« Sie zog an der Zigarette. »Findest du das auch?«

Ich musste grinsen. »Aber dann würde ja doppelt deutlich, dass du eine Frau bist«, antwortete ich und frottierte mir die Haare. »Othello ist vor allem ein Mensch, oder?«

Ihr Glimmstengel roch nicht nur nach Tabak, und sie blickte auf meine Füße, die verblassenden Henna-Ornamente aus den letzten Ferien. »Das hast du schön gesagt, Herzchen, das sollte als Spruchband über der Bühne hängen. Dann könnten wir uns auch dieses Geschmiere sparen. Hab schon Pickel von der Kohle. Ich meine, warum muss er eigentlich ein Schwarzer sein? Das wurde überhaupt noch nicht erörtert!«

Mit Logik darf man mir nicht kommen. »Keine Ahnung, so steht's im Text«, erwiderte ich und trocknete mir die Ohren. Das Wasser darin quietschte. »Nehmen wir's allegorisch, wie Lünstedt sagen würde. Wer weißer sein will als die Weißen, muss wohl eine dunkle Hautfarbe haben.« Dann rubbelte ich mir das Gesicht ab. »Sonst würde er vielleicht durchsichtig vor Eifersucht, verstehst du?«

Keine Antwort, nur die tropfende Dusche war zu hören, und ich erschrak, als ich das Tuch sinken ließ: Dinah stand vor mir, ganz nah. Momentlang wusste ich nicht, wo ich hinschauen sollte. Ihre Lidränder waren etwas entzündet, und sie legte den Joint auf die Fensterbank und harkte mit gespreizten Fingern durch meine Haare, was ziemlich wehtat, weil sie so dicht sind. Ich sog die Luft durch die Zahnritzen ein. Gleichzeitig strich sie mit der anderen Hand, den Nagelrücken nur, über meine Herzbrust, wo es plötzlich eine Gänsehaut gab, und dann schlang sie mir einen Arm um die Taille und zog mich an sich, wie im Stück. Sie hatte wirklich Kraft.

Nach Schweiß und dem teuren Bulgari-Parfüm ihrer Mutter roch sie, und die Uniformknöpfe fühlten sich kalt an auf meinem Bauch, die Goldsäume rau. Doch ihre Lippen waren warm und so weich, dass mir schwindelig wurde. Vielleicht zuckte ich auch kurz zurück, aber höchstens einen Millimeter, und dann schloss ich die Augen und schmeckte die Kohle, den Rauch und das Süße dahinter und hielt mich an den Schulterklappen fest. Es war mein erster Kuss, der allererste, den ich nicht nur auf den Lippen spürte, und das konnte nicht aufhören, unmöglich. Es war das Innerste von allem.

Aber es hörte auf. Der Degen am Türgriff pendelte immer noch, die Dusche tropfte und tropfte, und Abendsonne schien durch die Glasbausteine und tauchte den Raum in ein spätgoldenes Licht. Still erstaunt sahen wir uns an, und vielleicht dachten wir beide dasselbe: dass Herr Lünstedt die Kussszene in unserem Stück, einer Art Othello für Anfänger, ersatzlos gestrichen hatte. »Jetzt bin ich wieder schmutzig«, murmelte ich und nahm ihre Hand von meiner Hüfte, spielte mit den schwarzen Fingern. Ich war tierisch verlegen.

»Quatsch«, sagte sie und küsste mich noch einmal, ganz kurz nur, sehr sanft. »Du bist absolut rein.«

Bevor sie zur Toilette ging, nahm sie die Sardinenreste von meinem Teller und warf sie einer Katze hin. Drei junge Soldaten kamen von der Straße herunter und blieben am Rand der Terrasse stehen, suchten offenbar einen Tisch. Neue Camouflage-Anzüge trugen sie und rote Baskenmützen mit einem schmalen Lederrand, und zwei von ihnen, Zwillinge, sahen ziemlich betrunken aus. Ihre Gesichter glänzten, und die Unterlippen waren verfärbt vom Wein. Der dritte, ein schmaler Dunkelhaariger mit großen Augen und sonnengebräunter Haut, schien aber nüchtern zu sein. Als eine vorbeieilende Kellnerin ihn anlächelte, wie Französinnen es selten tun, kratzte er sich den Kopf und sagte: »O Gott! Endlich mal Frauen, die einem nicht gleich das Blut abnehmen wollen.«
Er hatte deutsch gesprochen, und mein Schmunzeln verriet mich. Die Mütze in der Hand, trat er an unseren Tisch und fragte, ob die leeren Stühle frei seien. »Klar«, antwortete ich, »aber nur für Raucher«, woraufhin er die anderen herbeiwinkte und sie mir als Kalle und Ben vorstellte, Panzergrenadiere aus Uelzen. Weizenblond waren sie, hatten deutlich zu viele Cheeseburger auf den Hüften und glichen sich bis auf die Tätowierungen am Hals. Doch der eine sah mich mit braunen, der andere mit grünen Augen an.

Er selbst hieß Adrian, kam aus Berlin und hatte noch zartere Handgelenke als unser Keyboarder. Die Stirn war hoch und der Blick etwas unstet, aber klug. Auch so einer, der am liebsten in die Wolken schaute und mehr fühlte, als ihm klar war, und während die Zwillinge begannen, Teller, Bestecke und Servietten auf einen Tranchierwagen zu räumen – nur die Gläser ließen sie stehen –, musste ich daran denken, was meine Mutter einmal gesagt hatte: dass das Zauberhafte dieser Welt, auch das in der Liebe, nicht von Machern oder Denkern geschaffen wird.

Die Scheuen bringen es zuwege, die Träumer, und er stand auf, als Dinah an den Tisch zurückkam. Kalle, der es ihm nachtun wollte, stieß einen Aschenbecher um, und sie runzelte die Brauen, spreizte einen kleinen Finger ab und tippte auf den Wimpel an seinem Hemd: »Schwarz, rot, gold? Was machen denn deutsche Soldaten in Frankreich?« Sobald sie mit Männern redete, und wenn es der Tankwart war, hob sie das Kinn etwas höher als gewöhnlich. »Sind wir schon wieder im Krieg?«

Doch dann gab sie allen die Hand und bestellte noch einmal Wein, eine Flasche. Offenbar war sie froh, nicht mehr allein trinken zu müssen. Ben, der unverhohlen auf ihren Busen starrte, bot ihr eine Zigarette an und erzählte, dass sie im Rahmen eines Rekrutenaustausches hier bei den »Froschfressern« seien. »Wir sind Scharfschützen, oder wollen es werden. Aber erstmal müssen wir diese schwule Sprache lernen, und wie man seinem Offizier die Hand küsst. Geh mir bloß weg. Wenn ich gewusst hätte, was die für einen Aufriss um das tägliche Leben machen ... Stimmt's, Kalle?«

Sein Bruder, der sogar im Sitzen schwankte, verzog das Gesicht. »Oui, mon Capitain. Jeder soll akkurat die gleiche Schulkladde haben. Die Stiefel werden nicht nur eingecremt, sondern auch noch poliert, und der Salat kommt vor dem Braten. Ich meine, wir trinken Kaffee schwarz, und fertig. Aber hier gibt's immer Kaffee mit irgendei'm Trallala. Und den Käse kannst du auch vergessen. Da riechen meine Socken besser. Wohlsein!«

Beide tranken den Côte du Rhône, den Dinah uns eingeschenkt hatte, wie Wasser. Adrian nippte nur davon. Die Mütze unter einer Schulterklappe seines Hemds, ritzte er mit dem Daumennagel Ornamente in das Papiertuch auf dem Tisch, Paisley-Muster, und plötzlich war ich mir nicht mehr sicher, ob er sich überhaupt etwas aus Frauen machte. Traumhaft lange Wimpern hatte er und einen Mund, wie man ihn bei Männern selten sieht. »Bist du auch Scharfschütze?«, fragte ich, woraufhin seine Kameraden lachten. Es klang ein bisschen dreckig, und Dinah musterte ihn kalt.

»Der ist Schafschütze!«, sagte Ben und goss sich Wein nach. »Der trifft nichts, was kleiner als 'ne Heidschnucke ist. Wenn der an den Stand geht, springen alle in'n Graben!«

Adrian grinste verlegen und sah mich an, als bäte er für seine Kumpel um Verzeihung. Ich konnte mir nur schwer vorstellen, dass er in einer Kaserne lebte, und auch ein Stahlhelm auf seinem Kopf war kaum denkbar. Er hielt das Glas am Stiel. Aber scharf ist er trotzdem, hätte ich am liebsten gesagt, traute mich jedoch nicht. Wenn ich jemanden mag, bin ich oft wie gelähmt und kriege den Mund so lange nicht auf, bis er glaubt, ich finde ihn unsympathisch.

Schließlich gab ich mir einen Ruck. »In meiner Kindheit hatte ich auch mal eine Waffe«, sagte ich. »Ein Geschenk meines Vaters, aus dem Laden an der Ecke. Liese, meine kleine Schwester, kriegte eine Barbie-Puppe und ich einen schwarzen Colt. Mir gefielen die Intarsien, dieses Perlmutt. Und ich mochte die winzigen runden Schachteln für die Munition so gern.«

Die Zwillinge flüsterten miteinander. Im Papstpalast schlug eine Glocke, und Dinah, die meistens gelangweilt tat, wenn sie einmal zuhören sollte, hielt sich die Uhr ans Ohr. Dabei war es ein geräuschloses Quarzding vom Grabbeltisch, im Vorübergehen stibitzt.

Aber ich sprach weiter. »Er wog kaum etwas, dieser Revolver, Plastik eben, Made in China, und mein Vater feuerte ein paar Probeschüsse ab. Für meine kleinen Hände war der Kolben allerdings zu dick. Ich hatte Mühe, mit dem Finger an den Abzug zu kommen, und kriegte dieses Hämmerchen über dem Zündpapier, diesen Hahn, nicht hoch. Ich flennte fast vor Wut.«

31

In Adrians Augen war eine ruhige Konzentration, er zog kein einziges Mal an seiner Zigarette. Doch Dinah nagte an der Innenhaut ihrer Lippe und kratzte Löcher in die feuchten Stellen der Tischdecke. Ganz spitz die Nägel. »Und was lehrt uns das?«, fragte sie, wobei ihrer Stimme anzuhören war, dass sie schon wieder an Bodenhaftung verlor. »Barbie-Puppen sind für Mädchen einfach besser. Man kann ihnen so schön den Hals umdrehen. Und Waffen soll man den Männern überlassen, stimmt's?« Dann legte sie mir eine Hand auf den Arm und fügte etwas gedämpfter hinzu: »Die haben doch die Potenzprobleme, nicht wir!«

Ich blickte auf die Uferwiese, das falbe Gras, in dem hier und da ein paar Goldruten blühten. Immer noch war die Frau in der Kittelschürze bei der Arbeit. Sie hatte Lockenwickler in den Haaren und zog sich eine Ziege nach der anderen mit einem Krückstock zwischen die Knie. Dann beugte sie sich über den schweren Euter, und schon schossen die Milchstrahlen, kaum dicker als flüchtige Bleistiftstriche, aus ihren Fäusten hervor in die Schüssel.

Ben, der gerade den Filter von seiner Zigarette brach, drehte den Kopf, wobei sich der kleine Krebs an seinem Hals verzog und wie ein Skorpion aussah. »Was haben wir?« Sein Bruder reichte ihm das Feuerzeug; *Kartoffelnetzwerk Uelzen* stand darauf. »Wieso haben wir Potenzprobleme? Wer sagt das?«

Dinah hob einen Arm und bestellte fünf Lavendelschnäpse. Dann drückte sie den Rücken durch, zupfte an ihrem Top und zeigte so allen, was keiner von ihnen kriegen würde. »Ach nein?«, fragte sie grinsend. »Habt ihr nicht? Mannometer. Und wieso braucht ihr dann dieses breitbeinige Getue mit Schulterklappen, Springerstiefeln und tödlicher Schwanzverlängerung?«

Ein jähes Aufstoßen blähte Kalles Backen, und er tippte sich an die Mütze. »Rekru'naustausch!«

Sein Bruder starrte traurig vor sich hin. Er blies den Rauch in sein leeres Glas und griff erneut nach der Flasche. »Woher soll ich denn wissen, ob ich potent bin, Mensch. Dazu müsste ich erst mal 'ne Freundin haben.«

Adrian aber schwieg, und das schien sie zu reizen. Sie verengte die Augen. »Du zum Beispiel, wenn ich dich so anschaue, weiß ich genau, wie du im Bett bist«, sagte sie, ohne auf mein Stirnrunzeln zu achten, den warnenden Blick. »Ich will dir nicht zu nahe treten, auch wenn du das gern hättest, aber ich glaube, du bist so'n nervöser Schnellficker. Das sind die Schüchternen immer. Und du hast dauernd Angst, dass dein Dödel nicht groß oder dick oder lang genug ist. Und deswegen fühlst du dich richtig gut, wenn du so eine gewaltige Uzi in der Hand hast, stimmt's? Kannst du ruhig zugeben.«

Die Kellnerin brachte die Schnäpse, und er roch zwar an seinem, trank aber nichts; in die Tischmitte schob er ihn. »Ich bin Sanitäter«, sagte er schließlich, woraufhin seine Kameraden lachten. Auch ich musste schmunzeln, doch Dinah winkte ab. Sie war jetzt blass vor Erbitterung, eine graue Blässe, die mich an die Ziegenmilch erinnerte, und ich fand sie überhaupt nicht mehr schön, im Gegenteil. Mit anzusehen, wie sie hinter sich selbst zurückblieb, war nicht nur traurig; irgendwie fühlte ich mich auch geprellt. Ich verschränkte die Arme vor der Brust.

»Keiner versteht, weshalb ihr dauernd so ein Theater um eure Größe macht«, fuhr sie fort. »Als wäre das alles. Klar, man möchte schon was spüren, wenn es zur Sache geht, aber ein besonders dickes oder langes Ding ist doch eher problematisch. Ich meine, der Mensch hat nur sechs oder sieben Liter Körperblut, und er braucht jeden Tropfen, wenn er nicht unterversorgt werden will im Gehirn. Also lässt die Natur die Hengstkaliber selten volllaufen – weswegen sie nicht stehen.« Sie prostete ihm zu. »Sei froh, dass du keinen großen Schwanz hast.«

Dann kippte sie den Schnaps. Ich angelte meinen City-Sack unter dem Stuhl hervor, warf einen Geldschein zwischen die Gläser und stand auf. Die Männer stutzten, und auch Dinah, die gerade den Cellophanfaden von einer neuen Zigarettenschachtel riss, hob überrascht den Kopf. Dabei lächelte sie vage, mit einem ängstlichen Flackern in den Augen, und sah plötzlich wieder ganz zart und verletzlich aus. Vielleicht war ihr ja wirklich nicht bewusst, was sie da geredet hatte. Doch das machte die Sache fast noch schlimmer, und

ich griff nach Adrians Hand und sagte ohne jede iro-
nische Absicht – ich hatte total vergessen, dass wir im
Freien saßen: »Wir gehen jetzt mal an die Luft.«
Weiß der Himmel, woher ich den Mut nahm, aber er
nickte und schob seinen Stuhl zurück. Die Ziegen-
hirtin, deren Lockenwickler auf der Kühlerhaube
lagen, hatte sich inzwischen die Kittelschürze ausge-
zogen. Sie trug ein tiefrotes Etuikleid mit Pailletten
und frisierte sich vor dem Seitenspiegel ihres Lasters
die Haare. Sogar Spray hatte sie dabei. »He, du Ka-
meradenschwein!«, rief Ben. »Lass dir keinen Trip-
per andrehen. Und um zehn Uhr ist Sammeln!« Doch
Adrian blickte sich nicht um.
Hand in Hand gingen wir auf den Platz, wo nach wie
vor Theater gespielt wurde, meistens unter Laternen
oder in Manegen aus brennenden Teelichtern. Die
Schatten der zierlichen Tänzer huschten riesig über die
Fassade des Palastes, und wir kauften uns ein Eis und
sahen einem Fakir zu, der sich gerade eine Schnur voller Rasierklingen aus dem Hals zog. Er lag fast nackt
auf einem Scherbenhaufen und winkte uns heran; wir
sollten uns auf ihn stellen, auf Brust und Bauch. Die
Schuhe könnten wir anbehalten, fügte er augenzwin-
kernd hinzu, doch wir schlenderten weiter.
Adrian pfiff tonlos vor sich hin. Die Parkanlage hinter dem Palast war geöffnet, in der Dunkelheit roch
es stark nach Jasmin, und wir fanden eine Bank mit
Blick auf den Fluss. Der schmale Mond schien hell,
die Sträucher und Bäume warfen Schatten, und in den

Fackelbooten, die langsam auf dem Wasser trieben, lagen Liebespaare und blickten in den Himmel. So viele Sterne hatte ich selten gesehen bis dahin, die Schnuppen flogen nur so, und ich schmiegte mich enger an Adrian und roch an seinem Hals. Doch der Blütenduft war stärker.

»Und wie ging die Geschichte weiter?«, fragte er. Die Stimme war wie etwas Rieselndes unter dem Laub, und ich wusste zuerst nicht, was er meinte. Ich hatte an meinen Rucksack gedacht, an die Kondome im Seitenfach, und wie lange die eigentlich haltbar sind, und als ich den Kopf hob, lächelte er mich an. »Die mit dem Colt aus dem Spielzeugladen. Du warst doch noch nicht fertig, oder?«

Da schloss ich einen Herzschlag lang die Augen. Einfühlsamkeit und echtes Verständnis hauen mich immer um, wie Geburtstagstorten. »Oh«, sagte ich und wurde wohl rot, doch das sah er ja nicht. »Ich hatte als Kind oft Gummifinger, besonders morgens. Da war das Zubinden der Schuhe schon ein Akt. Auch Marmeladengläser und neue Tuben kriegte ich nie auf. Doch dann fand ich eine Lösung.«

Ich hob die Arme. »Wenn ich die Revolvermündung auf meine Brust richtete, konnte ich den Perlmuttknauf mit den Händen umfassen und beide Daumen, die viel kräftiger waren, auf den Abzug drücken – fast genauso schnell, wie mein Vater es getan hatte. Die Schüsse hallten wider in unserem Flur und der Streifen mit den verkohlten Zündplättchen wurde länger und länger, was mich mächtig stolz machte. Aber als ich dabei in den Wandspiegel blickte, kamen mir plötzlich die Tränen. Albern sah das aus, absolut blöd.«

Er strich mir über die Wange. »Als würdest du dich selbst erschießen«, murmelte er, und ich glaube, jetzt war ich endgültig verliebt. Es fühlte sich an wie feinste Seide, nach der man im Schrankdunkeln greift, und man weiß kaum, ist das noch Stoff oder schon eine Flüssigkeit. Jetzt hätte er alles von mir haben können.

Aber es passierte nichts. Er legte mir zwar einen Arm um die Schultern, kam auch einmal wie versehentlich an meine Brust, doch irgend etwas schien ihn zu hemmen. Ich dachte an Dinah und ihr Gequatsche. Vielleicht hatte sie ihn ja eingeschüchtert, und er glaubte, nun wer weiß was bringen zu müssen, den ultimativen Traumfick mit Dauerständer bis zum Wecken. Dabei hätte ich ein bisschen Knutschen schon prima gefunden.

Doch er blieb scheu. Vorsichtig betastete er die Hornhaut auf meinen Fingerkuppen, die Eindrücke der Gitarrensaiten, und sagte: »Also, ich weiß zwar nicht, was du dir jetzt vorstellst ...« Da nahm ich ihm die Zigarette weg, schnippte sie ins Dunkle und legte seine Hand dorthin, wo ich sie haben wollte. Und schließlich hatten wir es noch richtig gut.

Später brachte ich ihn zum Bahnhof, wo schon jede Menge Rekruten warteten, auch französische, und dauernd Pfiffe ausstießen. Ich trug ein ziemlich kurzes Kleid. Wir tranken noch ein Glas Bier, tauschten Adressen und Telefonnummern aus, und ich wartete auf der Plattform, bis der Zug losfuhr, ein Express nach Marseille. Als ich den Arm hob, johlten und winkten seine Kameraden aus den offenen Fenstern heraus, und einige machten obszöne Gesten. Doch er stand fast bewegungslos und sah mich an mit diesem Blick, in dem ich so etwas wie Dankbarkeit las, zärtliche, und auch ein Versprechen, und das war der schönste Gruß. Langsam schlenderte ich in die Innenstadt zurück, rauchte eine Zigarette und roch gelegentlich an meinen Fingern.

Als ich ins Hotel kam, lag Dinah schon im Bett und hielt die Augen geschlossen. Aber natürlich schlief sie nicht, sie lauerte. Wir wollten am nächsten Tag nach Montélimar fahren und dann vielleicht in die Berge, und ich duschte, schnitt mir die Nägel und packte ein paar Sachen. Ich war viel zu glücklich, um irgendwem böse zu sein, hatte Lust auf Zuckerwatte. Aber der Gedanke, gleich neben Dinah liegen zu müssen, war trotzdem schlimm, denn ich wollte nicht die Aussprache, die in der Luft lag, ich hasse Aussprachen. Versteht sich das meiste im Leben nicht von selbst?

Ich ließ Wasser in das Becken und wusch noch ein paar Slips. Mama sagt immer, ich sei konfliktscheu, als wäre das ein Leiden. Doch ich bin nicht konfliktscheu, ich kann mich schon fetzen. Bloß weiß ich selten, wozu das gut sein soll; die Welt ist schließlich groß genug, um sich aus dem Weg zu gehen. Alles ist morgen mit Sicherheit von gestern, und es reicht völlig, einfach nur da zu sein und sich nach der Schönheit umzusehen, dem Licht und der Poesie, oder?

Als wir damals den »Othello« probten, hatte ich mir ein paar Bücher über die Elisabethanische Epoche und ihr Theater ausgeliehen, und in einer dieser Abhandlungen stand, dass es in der modernen Zeit und ihrer blutleeren Dramenliteratur keine Helden mehr gebe, ganz anders als beim großen Shakespeare zum Beispiel. Es war eine ziemlich steif geschriebene Schwarte aus den Jahren vor dem Zweiten Weltkrieg, und statt »Helden« stand da meistens »Hünen« – ein Wort, das mir bis dahin kaum untergekommen war. Deswegen las ich immer »Hühner« und kapierte erst mal nichts.

Doch nach einem Blick in den Duden fand ich, dass meine Schusseligkeit auch ihre Logik hatte, denn angesichts der Sorgen und Nöte seiner Gestalten, die ihre finsteren Schicksale wie riesige Kreuze mit sich herumschleppen, *sind* wir eigentlich nur Hühner, oder? Shakespeares Hühner. Wir machen ein unglaubliches Gegacker um lauter Kram – Prüfungen, Lockenstäbe, Handymarken, Geld – und wissen insgeheim doch alle, dass es nicht das Wahre ist. Dass nichts das Wahre sein kann hinterm Hühnerdraht.

Am liebsten hätte ich mich auf den Wannenrand gesetzt und Gitarre gespielt, aber die lag zu Hause, und so summte ich einen alten Blues und wusch noch ein Paar Sachen von Dinah mit. Sie hatte die Nacht-tischlampe angeknipst und sich beide Kissen in den Rücken gestopft. Ihre Lider waren geschwollen, die Wangen von zerlaufener Tusche verschmiert, und sie trank etwas Wasser aus einem Glas, in dem es einen weißlichen Bodensatz gab. Und plötzlich tat sie mir auch wieder leid, und ich fragte mich, was mit mir los war; nie kann mal etwas zweifelsfrei sein.

Ich hängte die Socken über den kalten Heizkörper und kramte meine Bürste aus dem Kulturbeutel, in dem auch die Kondome lagen, die ich vorhin so lange gesucht hatte. Da räusperte sie sich und sagte mit einer Stimme, als wäre sie total verschnupft: »Fritzi? Ich weiß, ich geh dir auf die Nerven, aber darf ich dich was fragen?« Ihr Kinn war ganz kraus, und die Unterlippe zitterte. »Glaubst du eigentlich, du bist ein guter Mensch?«

Keine Ahnung, wie sie jetzt darauf kam; doch ich hab ja auch nie behauptet, besonders helle zu sein. Ich fühlte nur, dass sie kurz davor war, bösartig zu werden, und zupfte ein paar Haare aus den Borsten. Dabei musste ich an ihr permanentes Klauen denken und die Antwort auf meine Frage, ob sie kein schlech-tes Gefühl dabei habe: »Nö, wieso denn«, hatte sie gesagt. »Nicht, solange Preisschilder an den Sachen hängen.« Und ihr Vater weiß nicht, wohin mit dem Geld.

»Ob ich mich was?« *Echt Wildschwein* stand auf der Bürste. »Sicher halte ich mich für einen guten Menschen«, sagte ich kühl, auch wenn das nur bedingt stimmte; aber ich wollte ihr Paroli bieten. »Wer tut das nicht?«

Schon ihr Schweigen sollte irgendwas bedeuten; im Nachhinein kam es mir wie ein Ausholen vor. Und dann putzte sie sich die Nase und sagte halblaut in das Taschentuch hinein: »Nun ja ... Ein guter Mensch, würde ich denken.«

Das war es also. Welche Gründe sie auch haben mochte, mich für das Gegenteil zu halten, ich wollte es nicht mehr wissen. Plötzlich fand ich sie nur noch armselig in ihrer Raffiniertheit, und um zu verhindern, dass ihr Gift mir die letzte Stunde im Park vergällte, wiederholte ich mir immer wieder jenen Vers der Desdemona: »Verhüte Gott, dass unser Glück nicht sollte wachsen wie unserer Tage Zahl!« Ich flüsterte ihn ganz nah vor dem Spiegel und betastete dabei die Flecken an meinem Hals. Zarte Jungs können ganz schön heftig sein.

»Ich gehe übrigens morgen zum Friseur«, rief ich schließlich und tupfte mir etwas Creme ins Gesicht. »Kommst du mit? Der Salon nebenan sieht passabel aus. Die Preisliste auch. Ich werde mir die Zotteln kurz schneiden lassen, richtig kurz.«

Ein Bus fuhr vorbei, die Läden an den Fenstern klapperten, und Dinah runzelte die Brauen und bewegte die Lippen, als wiederholte sie das Gesagte. Wenn sie außer dem Alkohol, den sie täglich trank, auch noch Schlafpillen nahm, reagierte sie deutlich langsamer als sonst, fast benommen. »Du wirst was? Wieso willst du das tun?«

Sie schniefte, ihre Augen schwammen in Tränen. Sie war verrückt nach meinen Haaren, und ich zuckte mit den Achseln und bemühte mich, nicht schnippisch zu klingen; aber wahrscheinlich tat ich es doch.

»Keine Ahnung. Ich möchte leichter werden.«

Lange sagte sie nichts. Sie kratzte den klaren Lack von ihren Nägeln und starrte die Wand an, die groß geblümte Tapete, und auch ich stand eine Weile regungslos vor dem Spiegel, der das dämmrige Zimmer hinter mir verzerrte und sie viel weiter entfernt aussehen ließ. Unten in der Rezeption klingelte das Telefon. Dann johlten Betrunkene vor dem Haus, und endlich schüttelte sie den Kopf, entfaltete ein frisches Taschentuch und fragte leise: »Du liebst mich nicht, oder?«

Ich atmete tief, riss mir die Bürste durchs Haar und schloss die Augen. Schweiß brach mir aus, und mein Puls schlug im Hals. Es ist ja nicht dieser oder jener Zustand, der das Leben oder sein Geheimnis ausmacht; es sind die Übergänge, die leisen Übergänge, wie in der Musik. Manchmal denke ich, sogar der Tod ist nur ein Akkordwechsel. »Doch«, sagte ich. »Du bist meine Freundin, und ich mag dich, Dinah. Ich liebe dich wirklich. Aber nicht so, wie du es dir wünschst. Das geht nicht. Das kann ich einfach nicht.«

Das Gemecker von Ziegen kam von irgendwoher. Der Silberteller über dem Eingang, dieses Zunftzeichen, schaukelte im Wind. Der Mistral hatte den Asphalt, die parkenden Wagen und das Obst des Händlers nebenan mit einem rötlichen Staub bedeckt, Wüstenstaub, der aus der Sahara über das Mittelmeer geweht wird, so der Reiseführer. Doch der Himmel war klar, und die Friseuse legte den Föhn ins Regal und lockerte alles noch einmal mit den Fingern auf. Auch sie schien zufrieden zu sein. »Komisch«, sagte sie, »manche Frauen sehen viel weiblicher aus mit kurzen Haaren.«

Vor allem aber wirkte ich jünger als vorher, wie eine freche Sechzehnjährige. Besonders der Seitenscheitel gefiel mir. Papa würde das wahrscheinlich Bubikopf nennen oder Charleston-Frisur, egal. Mit der Wolle auf den Schultern war ich mir oft ein wenig gedrungen vorgekommen, manchmal fast füllig, doch jetzt stimmten die Proportionen. Die Luft im Nacken war angenehm kühl, und ich strahlte vor Glück und drehte mich nach Dinah um, die gerade wieder den Laden betrat. »Na?«, sagte ich. »Erkennst du mich noch?«

Sie stieß ein wenig Atem durch die Nase und lächelte matt, das heißt, sie verzog einen Lippenwinkel und schloss einmal kurz die Lider. Dann hielt sie mir den Hotelschlüssel hin. Sie trug Jeans und meine weiße Bluse, die mit den langen Kragenspitzen, und sah mich nicht direkt an. In den Spiegel blickte sie, und obwohl ich alles sofort begriff und bis ins Mark erstarrte, war ich doch auch froh und erleichtert, als wäre uns im letzten Moment das Richtige geglückt. Als könnte es einen stimmigen Schluss geben.

Die Friseuse, die Besen und Kehrblech aus einem Wandschrank nahm, wartete in taktvoller Distanz. Ich rührte mich nicht unter dem Umhang, atmete kaum. Tränen tropften mir vom Kinn, kullerten über das Nylongewebe, und meine Stimme war mir plötzlich fremd. »In Ordnung«, sagte ich und musste schlucken. »Aber wir sehen uns in Berlin, oder?«

Dinah machte noch einen Schritt, trat auf die Haare, die um den Stuhl herum lagen, und warf den Schlüssel neben den Föhn. Der Anhänger klirrte furchtbar laut. »Schon möglich«, sagte sie, wobei sie den Mund, die plötzlich schmalen Lippen, nur wenig bewegte. Blass war sie, um nicht zu sagen bleich, doch ihre Augen blieben völlig trocken. Das Cabrio stand vor dem Schaufenster. Der Mistral wehte in den Raum.

»So warte doch!«, rief ich, und das schmerzte in der Kehle. »General! Ich bitt Euch dringend, gönnt mir noch ein Wort! Wir bleiben Freunde, nicht wahr?«

Den Türgriff in der Hand, blickte sie zu Boden und schüttelte kaum merklich den Kopf, als wäre sie irgendwie amüsiert darüber, wie sentimental ich war. Aber schließlich warf sie die Locken zurück und schenkte mir ihr schönstes Lächeln, und es lag wohl an dem Licht dieser Gegend, dem herrlichen Himmel, oder vielleicht auch an dem Schatten des silbernen

Tellers, dass es mir so strahlend vorkam wie in der Zeit, als sie sich mit Kohle schwärzte. Ein Windstoß klappte ihren Kragen um. »Ich scheiß auf deine Freundschaft«, sagte sie leise und ging hinaus.

Traber-Sonate

»Naivität ist wie Knoblauch«, hatte meine Großmutter immer gesagt. »Man wird alt damit.« Aber ich
habe Knoblauch noch nie gemocht. Ich bezahlte meinen Tee und zog den Mantel an. Nur die Leuchtrekla-
me des Wettbüros erhellte den Vorplatz, auf dem ein
paar Zuschauer längs der leeren Tribüne standen
oder sich an der Holzglut einer Gulaschkanone
wärmten. Der Bierstand war mit Planen verhängt,
und Wind fuhr in den Abfallkorb und ließ die Plas-
tiktüte darin knattern.

Unter dem fahlen Licht weit auseinander stehen-
der, von Regenschleiern umwehter Bogenlampen
erstreckte sich die Südkurve, deren Neigungswinkel
derart war, dass die Wagenlenker eine Steigung nehmen mussten, um von den dahinter verborgenen Stal-
lungen auf die Rennbahn zu kommen: Ich hörte zuerst die Hufe auf dem Schotter und das Knarren der
Deichselriemen und sah die Atemwolke, die ihm aus
den Nüstern wehte, ehe das Pferd vor mir auftauchte,
sein dunkler Kopf mit der schmalen Blesse.

Man hatte es schon irgendwo trainiert, die banda-
gierten Fesseln waren schlammbespritzt, das kastani-
enfarbene Fell glänzte vor Schweiß. Und während es

zu stutzen schien angesichts der jähen Weite und dampfend auf der Stelle tänzelte an dem hohen Außenrand der Bahn, so dass alles, was Metall war an dem komplizierten Zaumzeug, leise klirrte, fasste es mich kurz einmal ins Auge.

Als gäbe es keine Barriere zwischen uns, trat ich einen Schritt zurück, und der Sulky-Fahrer grinste. Das Helmvisier noch aufgeklappt, ließ er die Beine von den Deichseln baumeln und schnalzte streng, woraufhin das Pferd die Schräge hinablief. Nervös kaute es auf seiner Trense, schüttelte die Mähne und wartete offenbar nur darauf, dass der Mann die Stiefel in die Holmbügel stemmte und die Zügel lockerte – um dann, als würde es nicht von der Kraft seines Herzens und dem Spiel der durchtrainierten Muskeln und Sehnen, sondern von einem lange angestauten inneren Jubel bewegt, in einen schnurgeraden, mit jedem Hufschlag schneller werdenden Trab zu verfallen.

Vor der Tribüne wurde Musik laut, klassische, was mich doch erstaunte. Es war ein bekanntes Klavierstück, Bach oder Mozart, und nach und nach bogen weitere Gespanne auf die Bahn, schlanke Tiere vor Sulkys, die schon bei kleinsten Bodenwellen ins Federn gerieten. Manche Fahrer rollten sich die Pulloverkragen bis unter die Schutzbrillen, andere plauderten miteinander, und während sie ihre Sitze einstellten oder die Leinen entwirrten, schienen die Pferde sich ohne ihr Zutun hinter dem langsam fah-

renden Startauto zu formieren, einem Jeep mit verbeulten Aluminiumschranken links und rechts.

In der versteppten Mitte des Bahn-Ovals tollten Feld-
hasen herum, und ich ging auf dem Schotterweg zwischen den Paddocks zum Stall hinunter. Der war ein
langes, von Silos und Baracken umgebenes Ziegelge-
bäude, aus dessen Oberlichtband ein warmer Schein
in die Dunkelheit fiel. Mehrere Pferdetransporter und
ihre Zugmaschinen, meistens Pick-ups, standen kreuz
und quer auf dem Vorplatz, und ein einzelner Traber,
locker an eine Laterne gebunden, döste unter einer
Decke vor sich hin. Es roch nach Heu aus den Toren,
nach Ammoniak und verschmortem Horn, und in
einem menschenleeren Vorraum, in dem ein Amboss
stand und ein Feuer in einer Esse gloste, lief ein Fern-
seher, das Sonntagsspiel der ersten Liga.

Niemand sprach mich an oder hielt mich auf, als ich
durch ein Spalier aus steil aufragenden Sulky-Deich-
seln in den Stall trat, der mir im Innern, im Schein un-
zähliger Lampen und Strahler, viel größer vorkam als
von außen. Domartig hoch wölbte sich die Dachkon-
struktion zwischen den gekalkten, von Schwalben
oder Tauben besudelten Mauern, und an manchen
Sparren hingen Kreuze, Heiligenbilder oder Rosen-
kränze. Katzen schliefen auf den Fenstersimsen; kleine Gabelstapler, mit Mist beladen, kurvten hupend
durch die Gänge.

Die modernen Boxen aus dunklem Holz und ver-
zinktem Stahl, aus denen die meist braunen Traber

schauten, waren in vier oder fünf Doppelreihen ange-
ordnet, und nicht die bunt gekleideten Fahrer, die auf
den Futtersäcken und Geschirrkisten saßen, Rennzei-
tungen oder Illustrierte lasen und trotz der Verbots-
schilder rauchten – stets waren es die Pferde, die mich
zuerst wahrnahmen. Kaum passierte ich eine Gang-
Kreuzung oder trat hinter einem Stapel Strohballen
hervor, drehten sie ruhig die Köpfe und betrachteten
mich mit jenem Ausdruck freundlicher Neugier, der
mir schon in der Kindheit weise vorgekommen war
und mich, ich weiß nicht warum, auch ein wenig be-
schämte. Erst dann, dem Blick ihrer Tiere folgend,
musterten mich die Menschen.

Wasserdampf stieg aus einer gekachelten Box, in der
eine dicke Frau ein Pferd wusch, und als ich sie ansprach, knickte sie den Schlauch. Das Haar von einer
Haube geschützt, trug sie unter dem Latz ihrer dunkelgrünen Anglerhose lediglich einen BH – ein viel
zu zartes und auch etwas ausgeleiertes Gewebe, denn
kaum hob sie die Hand, um sich den Nacken zu kratzen, drohte die schwere Brust aus der Fassung zu gleiten. Doch das Stutzen der Frau hatte etwas Gemüt-
liches, und sie blickte auf die Wölbung hinunter und
murmelte: »Na? Willst du wieder guten Tag sagen?«
Dann verschränkte sie die Arme davor und leckte sich
etwas Wasser von der Lippe. »Ein Trainer Symalla?
Wer soll denn das sein?«

Das Pferd schnaubte leise, es klang wie ein Seufzen.
Den Hals waagerecht, die Mähne triefend, stand es

mit geschlossenen Augen in dem langsam sich verflüchtigenden Dampf, und ein hagerer Mann, der außer eines Basecap mit der Aufschrift »Berlin Karlshorst« nur eine Badehose trug und den langen Schweif shampoonierte, hob den Kopf und rief: »Na, den Wolle meint er. Der ist im Hengstgang. Am Silo links.«

Dort, wo in regelmäßigen Abständen Säcke voller Kraftfutter lagen, waren die Boxen nicht nur höher vergittert als im übrigen Stall; die Stäbe standen auch enger zusammen, und die Türluken waren geschlossen, so dass ich im Vorübergehen kaum mehr als die Silhouetten der Tiere wahrnahm, glänzende Kruppen oder Widerriste, ein Auge unter schwarzbraunem Haar. Größer und dunkler als die Stuten schienen sie zu sein, weniger freundlich in ihrer Neugier, heiserer, wenn sie hinter den Versorgungsschlitzen schnaubten, und sogar ihre Reglosigkeit kam mir geballter vor. Hier und da hingen alte, oft von Spinnweben überzogene Transistorradios an den Gittern, doch die offenbar als Besänftigung gedachte leichte oder klassische Musik – wieder war jenes Klavierstück zu hören – konnte die drohende Stille dahinter nicht übertönen. Pisse, ein schwerer Strahl, pladderte ins Stroh.

Am Ende des Ganges hingen ein paar Sättel und Helme an der Wand, und obwohl er mir den Rücken zugekehrt hatte, erkannte ich Wolf sofort. Er trug ein kariertes Holzfällerhemd, zerschlissene Cordhosen und schwere Schuhe mit Kappen aus Stahl und hielt ein graues Pferd am Halfter fest, ein großes, angespannt wirkendes Tier. Die Ohrspitzen drehten sich in alle möglichen Richtungen, die Nüstern zuckten und der Schweif peitschte gegen die Mauer.

Beruhigend klopfte er ihm auf den Hals und fütterte ihn mit irgend etwas aus seiner Tasche. Die mattblonden Haare am Hinterkopf waren lichter und die Schultern massiger geworden, aber insgesamt kam er mir kleiner vor als in der Erinnerung, o-beiniger auch. Seine ehemals schlanken Hände sahen schwielig aus, auf den Nägeln gab es schwarzblaue Flecken, doch in seiner Stimme war immer noch diese raue, von den Mädchen so geliebte Wärme, als er sagte: »Meine Güte! Kein Wunder, dass der lahm wird. Ich hab den Fahrern hundertmal erklärt, dass solche Eisen Mist sind. Das ist ein Schaufler, der braucht keine Stege. Der trabt rückwärts, wenn wir ihn so auf die Bahn stellen. Mach das außen halb rund.«

Der Angesprochene, ein älterer Mann, der neben dem linken Vorderlauf kniete, schüttelte den Kopf. Er trug einen Lederschurz voller Werkzeuge und betastete den Huf, in dessen Hornkapsel es deutliche Risse gab. »Von wegen … Wenn der die Schleifhexe nur hört, geht er durch; das sehe ich an den Augen. Neue braucht er, orthopädische; dreihundert Euro. Aber vorher lässt du ihn sechs Wochen im Sägemehl stehen, schön feucht.« Ächzend richtete er sich auf und zog einen Flachmann aus der Tasche. »Wie heißt denn der Gaul?«

»Frag Freddy.«

Der andere, nach einem kräftigen Schluck, verzog das Gesicht. Kahl war er und hatte weiße Koteletten. »Wen? Wer ist das?«

»Wie, wer ist das? Bist du jetzt auch schon senil?«

»Was hat denn das mit meinem Alter zu tun? Werd nicht gleich beleidigend, Wolle. Ich will doch nur wissen, wie der Gaul heißt.«

»Und was sagte ich gerade? Frag Freddy!«

Die Wangen gebläht, stellte der Schmied die Flasche auf den Estrich, trat an einen Hinterlauf und hob ihn schneller an, als der Hengst zusammenfahren konnte. Er klemmte sich den Huf zwischen die Oberschenkel, zog ein Messer aus der Schürzentasche und schnitt etwas Mist aus dem Strahl. »Aber ich kenn doch gar keinen Freddy! Früher, in Hamburg, da gab's diesen Schlagersänger, meine Mutter war ganz verrückt nach dem. Ich kriegte immer Sodbrennen von dem Schifferklavier.« Er stutzte, machte ein paar hebelnde Bewegungen mit der Klinge. »Nun guck dir das an, hier hat er Spikes! Das ist ein Winterpferd, oder was. Und locker sind die auch …«

In hohem Bogen flogen vier, fünf krumme Nägel auf den Estrich, und einen Moment lang dachte ich, es wäre das jähe Geräusch, ein spitzes Klirren, das dem Hengst diese Schauer über das Fell jagte, immer wieder; er hob und senkte den Kopf, wobei ihm die Mähne ins Gesicht schlug. Doch dann wurde es auch in den angrenzenden Boxen unruhig; eine Art Röcheln war zu hören und plötzlich ein Knall, der offenbar von einem Tritt herrührte. Die Zwischengitter schepperten, und Wolf, der das Halfter losgelassen hatte, um sich mit dem Schmied über den Huf zu beugen, blickte sich um.

Ich kann nicht sagen, dass ich Angst fühlte, jedenfalls nicht sofort, als der Hengst sich in Bewegung setzte. Mit seinen geweiteten Nüstern, dem steil gebogenen Hals und der bugartig sich vorwölbenden Brust kam er mir eher malerisch vor, ein Inbild der Kraft in dem kurzen Moment zwischen Schreck und Starre. Aber dann, die Ohren flach an den Kopf gelegt, stieg er plötzlich kniehoch, immer wieder, wobei der Estrich unter den Hufen klang, als wäre er hohl. Die Schweifwurzel stand senkrecht, die Haare fächerten sich auf, und das stiere Schwarz seiner Augen verdichtete sich vollends zu einer rot geränderten, vom Deckenlicht durchblitzten Essenz des Bedrohlichen, als Wolf fast donnernd schrie: »Du blöder Sack, bist du besoffen?! Ich hab gesagt, der Gang bleibt frei!«

Wen immer er damit meinte, ich konnte es nicht sehen. Der Hengst, dem schaumiger Speichel aus dem Maul troff, kam näher, und als ich später Karin davon erzählte, widerstand ich der Übertreibung, das große Tier hätte mich zu Fall gebracht, nur mit Mühe. Dabei hatte es mich gar nicht gestreift, oder bloß an den Knöpfen, und ich war bei dem Versuch, meine Füße vor den hämmernden Hufen in Sicherheit zu bringen, in die Laufschiene einer offenen Boxentür geraten und umgeknickt, mehr nicht. Außerdem fiel ich ziemlich

weich, und ob man das Geviert nun frisch ausgestreut
hatte … Der Mantel war ohnehin tiefbraun.

Auch die verpflasterte Kanüle an meinem Unterarm,
das fühlte ich, war unversehrt und saß korrekt, und
ich weiß nicht, was sich weiter tat auf dem Gang.
Dem Stimmengewirr, dem Wiehern schrill wie Rei-
fenquietschen und dem Trappeln und Stampfen zufolge entstand ein kurzer Tumult, bei dem irgend etwas Gläsernes zersprang; Scherben glitten über den
Estrich. Dann führte der Schmied den Hengst, der immer noch wütend die Augen verdrehte, im Laufschritt
an der Box vorbei, und ich kam auf die Knie und zog
mich an einer Raufe hoch.

Entschuldigungen murmelnd, zupfte Wolf mir Stroh-
halme und Quetschhafer vom Kragen, und obwohl
ich inzwischen viel magerer war und sicher nicht
mehr derselbe nach den vielen Therapien der letzten
Zeit, gab es mir doch einen Stich, dass er mich nicht
erkannte. Vielleicht hielt er mich ja für einen Besitzer
der teuren Tiere, oder für dessen Anwalt, immerhin
trug ich eine Krawatte, und während in den Boxen
ringsum wieder Ruhe einkehrte und ich in meinen
verlorenen Schuh schlüpfte, musste ich daran denken,
dass es meistens der Arglose ist, der das schlechtere
Gedächtnis hat.

»Tut mir wirklich leid«, wiederholte er. »Dieser Gaul
dreht durch, wenn er andere Hengste sieht. Der würde am liebsten alle killen. Ich hoffe, Sie haben sich
nichts getan?«

Der Wölbung unter dem Hemd zum Trotz war sein Gesicht nur wenig runder geworden. Der sandige Schimmer von Dreitagestoppeln lag auf den Wangen, und am Kinn gab es nach wie vor jene Mulde, die ihn schon reif und erwachsen wirken ließ, als wir noch milchbärtige Jungs in Uniform waren. Doch die früher einmal gerade Nase hatte wohl einen Schlag abbekommen; in die Haut war irgend etwas eingewachsen, ein paar Pigmente Hufteer vielleicht oder eine Fluse. Auch das einst so helle Blau seiner weit auseinander stehenden Augen war jetzt fast grau, und ich musste grinsen über das Erstaunen, das darin aufging, als ich mit einem Schulterzucken sagte: »Na ja: Ob wir stehen oder fallen …«

Schon die erwartungsvolle Pause, die ich machte, schien sich auf das Gesagte zu reimen, jedenfalls für mich. Er aber trat einen Schritt zurück, und momentlang glaubte ich zu sehen, wie der kühle Schatten eines längst vergessenen Schmerzes über seine Züge strich. Er musterte mich noch einmal von den Schuhen bis zum Schopf, argwöhnisch jetzt, unsicher auch; doch dann entspannte sich der Mund, und er streckte den Zeigefinger vor und bewegte ihn auf und ab wie jemand, dem etwas auf der Zunge liegt, etwas seit Unzeiten nicht mehr Gehörtes. Dabei verengte er die Augen. »Scheiße, Mann, ich krieg's nicht zusammen. Ich sollte mir ein Gehirn anschaffen. Wie war das noch gleich? Ob wir stehen oder fallen, die Volksarmee treibt's mit uns allen, stimmt's?«

Ich sagte nichts, lockerte meinen Schlips, und dann belebte sich sein Gedächtnis, und er hob die Brauen und lächelte breit, wobei mir auffiel, dass die gesamte obere Zahnreihe aus Kronen bestand, schlecht gemacht und arg vergilbt. Schließlich hämmerte er mit der Faust gegen die Stallwand und rief im selben Atemzug wie ich: »Ob im Liegen, ob beim Bücken, am Ende wird uns Mielke ... befördern!«

Sein Auflachen, ein rauer Laut, hallte in der leeren Box, und er zog mich in eine Umarmung, der schon allein seiner Kraft wegen, der harten Muskeln unter dem Flanell, kaum zu widerstehen war. Doch das wollte ich auch gar nicht; ich schloss sogar die Augen und überließ mich einen Moment lang den großen Händen und dem Geruch nach Rauch, Schweiß und Alkohol und spürte, dass irgend etwas zwischen uns geschah, über das ich keine Kontrolle mehr hatte, das gewaltig war und beiläufig zugleich. Als würden die letzten fünfunddreißig Jahre von einem Herzschlag zum anderen zu einer verstohlenen Träne kondensieren.

»Achim ...«, sagte er leise. »Mein Gott, wo kommst denn du jetzt her.« Seine Stimme klang plötzlich belegt, und ich wischte mir mit den Fingerrücken über die Wange und versuchte zu lächeln, während ich ihn korrigierte – woraufhin er etwas Luft durch die Nase stieß und den Kopf schüttelte, als wäre er über sich selbst amüsiert. Ein Hauch von Röte färbte seine Stirn. »Natürlich: Armin. Entschuldige!«

Ralf
Rothmann

Suhrkamp

Messers Schneide 1986
Erzählung
132 S. Brosch. € 12,80
(978-3-518-03074-5)
• st 1633. € 6,-
(978-3-518-38133-5)

Der Windfisch 1988
Erzählung
133 S. Brosch. € 10,80
(978-3-518-40129-3)
• Klappenbrosch. € 10,99*
(978-3-518-40623-6)

»Hier, sagte sie – und hier: wozu, glaubst du, ist das alles gut? Wie? Ich habe die Fähigkeit, die Kraft und den Wunsch, Kinder zu gebären. Wäre es nicht nur natürlich, es auch zu tun? Hier, sagte er und hob eine Faust, dann die andere. Ich habe die Fähigkeit, die Kraft und manchmal auch den Wunsch, jemanden totzuschlagen. Es wäre also nur natürlich, es zu tun?«

Wer hat nicht schon davon geträumt, dem »erstickenden Unsinnsgefüge« unserer Wirklichkeit den Rücken zu kehren, das Weite zu suchen – aber in tropischer Ferne dann doch nur »sich selbst bereist«?

Mit beiden Händen kratzte er sich den Nacken, und ich wollte es ihm leichtmachen und gab ihm einen Klaps; was sind Namen ... Dann gingen wir an das Ende des Ganges, wo er zwei Flaschen Radeberger aus einem Blechschrank nahm. Wir setzten uns auf Strohballen, und er bot mir eine Zigarette an, eine filterlose.

»O nein, vielen Dank; das hab ich längst aufgegeben«, sagte ich, und staunte insgeheim darüber, dass jemand noch freiwillig Karo rauchte. Ich tippte mir an die Brust. »Da drin ist irgend etwas gegen mich.«

Doch er schien mir nicht zugehört zu haben. Er zeigte auf den verstaubten Lautsprecher unter dem Dachsparren und fragte: »Was nuschelt der da? Das ist das dritte Rennen, oder? Beim fünften muss ich raus, ein Fahrer ist ausgefallen. Keine Ahnung, in welchem Puff der den Start verschnarcht.« Dann hebelte er die Kronkorken mit seinem Feuerzeug auf, und wir stießen an. Das Bier war mir einen Tick zu warm, doch Wolf trank gleich die halbe Flasche leer, schnaufend.

»Menschenskind! Dass ich dich noch einmal wiedersehe ... Erzähl, was machst du? Immer noch Elektrotechnik?«

»Mehr oder weniger«, sagte ich. »Eine Weile war ich selbständig, in Oranienburg, als Subunternehmer der Bahn. Dann hab ich noch mal Informatik studiert und bis vor kurzem in Potsdam unterrichtet, an der Fachhochschule. Hat mir eigentlich Spaß gemacht. Aber du weißt ja, wie das heutzutage ist: Wenn du nicht mehr richtig funktionierst, bist du sofort raus.«

Er runzelte die Stirn, was verständnislos aussah, fragte aber nichts. »Und vorige Woche«, fuhr ich fort, »hält mir meine Frau die Zeitung hin. Wir waren in der Charité gewesen und anschließend im Theater, und ich dachte, sie zeigt mir eine Kritik. Aber es war die Sportseite, das große Foto: Der Fahrer, der Trainer und dieses Siegerpferd mit dem seltsamen Namen, warte …«

Er grinste. »Speedy Shame, der Racker. Sein Besitzer hat ihn so genannt, weil er immer im Mai über die Zäune und auf Stuten druff, die gar nicht für ihn vorgesehen waren. Das gab dann endlose Prozesse mit den Züchtern. Dabei hätten die froh sein können. Dem seine Produkte kannst du auf die Bahn stellen, und sie sahnen die Pokale ab. Aber na ja, es muss alles seine Ordnung haben, auch das Rammeln. – Ein Studierter bist du also …«

Aus dem Lautsprecher wurden Startnummern und Wettquoten verkündet, und dann setzte Klaviermusik ein, schon wieder das schnelle, irgendwie leichtfüßige Stück. »Und was ist mit dir?«, fragte ich. »Wie bist du denn zu dem Beruf gekommen, Mensch? Von der Elektrotechnik in den Stall. Ich hatte ja keine Ahnung, dass du ein Pferdeliebhaber bist. Warst du das damals schon? Wir haben doch nur über Westbräute und Amischlitten geredet, oder?«

Er lächelte vage. »Ein Pferdeliebhaber? Nee, nee, die sind nichts zum Liebhaben, Alter. Die wissen ganz genau, was wir mit ihnen machen. Pferde sind Knochenbrecher. Ich hab kaum ein Körperteil, das noch nicht vergipst war. Dieser Graue zum Beispiel, Frag Freddy, der hat mir erst neulich einen Kuss gegeben ... Zwei Wochen ging ich am Stock.«

Ohne etwas ins Auge zu fassen, starrte er vor sich hin; dabei stieß er den Rauch sehr langsam durch die Nase. »In der letzten Zeit in Schwedt hatte ich eine Zelle mit Ausblick, nicht übel«, sagte er schließlich. »Die Weiden gehörten zu einem Traber-Gestüt, und es gab eine Trainingsbahn, die führte ein Stück weit am Zaun vorbei. Von morgens bis abends stand ich auf meinem Stuhl am Fenster und sah mir die Gespanne an. Bald konnte ich den Fahrern zurufen, was sie falsch machten, und wenn ein Gaul nicht trittsauber war, kriegte *ich* Rückenschmerzen. Und nach der Wende, als alle freikamen, bin ich halt rüber auf den Hof und hab eine Lehre als Pferdewirt gemacht. War 'ne wilde Zeit mit all den frischen Girls, die da immer rumhüpften.«

Ich räusperte mich; die Heuluft und der Rauch des billigen Tabaks machten mir zu schaffen. »Zwölf Jahre?«, fragte ich. »Ist das richtig: Warst du zwölf Jahre im Knast?«

Er schnippte Asche auf den Boden und fuhr mit dem Fuß darüber. »Bist ja gut informiert. Ich sag mir das nicht allzu oft, aber es stimmt wohl. Dabei hab ich noch Glück gehabt, die hätten mich auch wegputzen können; ich hatte die ganzen Schalt- und Bunkerpläne von dem Grenzabschnitt dabei. Es war also nicht nur Republikflucht, sondern obendrein Sabotage, die mir dann als Hochverrat ausgelegt wurde. Deswegen haben sie mich auch nicht in den Westen verkauft. Würde heute noch da modern...«

»Aber du lebst«, erwiderte ich und blickte mit ihm auf seine Uhr, eine alte Ruhla. Bräunlich angelaufen, wölbte sich das mehrfach gesprungene Glas wie ein Bernstein über dem Zifferblatt.

»Klar«, murmelte er. »Und nicht schlecht, das kannst du mir glauben. Ich bin mein eigener Herr und Meister. Auch wenn der Trabsport am Boden ist und kaum noch Publikum kommt: Gib mir ein altes Fahrrad, und ich mach dir ein Siegerpferd daraus.«

Das klang, als hätte er es nicht zum ersten Mal gesagt; doch ich lächelte höflich, und leiser fügte er hinzu: »Zwei Rippen sind zwar schief zusammengewachsen, und eine Niere haben sie mir totgetreten, die braven Vollzugsbeamten ... Aber zum Glück war es nicht die Bier-Niere. Prost!«

Erneut stießen wir an; wie lange hatte ich kein Radeberger mehr getrunken. Doch auch jetzt machte ich nur einen winzigen Schluck, wischte mir mit dem Handrücken über den Mund und fragte: »Aber wie genau lief das denn damals? Hattest du jemandem was geflüstert? Plötzlich warst du weg, und alle Elektro-Pioniere wurden auf andere Truppenbereiche verteilt. Mich haben sie in die Uckermark gesteckt, in diese Atomstation der Russen. Da hab ich übrigens meine Frau kennen gelernt, meinen Politoffizier; die sollte mich auf Linie bringen. Und kurz darauf hörte ich, du seist in Schwedt.«

Erneut glitt ein Schatten über seine Züge. »Tja, wie lief das. Keine Ahnung, Mann. Ist mir bis heute ein Rätsel.« Er trat seine Zigarette aus, sehr sorgsam, fast bedächtig; trotzdem sprangen ein paar Funken in das Stroh. Doch sie zündeten nicht, und während er mir zum ersten Mal direkt ins Gesicht sah und sich etwas Tabak von der Unterlippe zog, fügte er lächelnd hinzu: »Sag du's mir …«

Einen Moment lang war die Stille zwischen uns vernehmlicher als die Radios oder das Schnauben und Scharren in den Boxen, und natürlich konnte ich verstehen, dass er so etwas dachte; auch ich hatte schon Freunde beargwöhnt und einmal sogar meinen Bruder. Nicht wenige von uns glaubten damals, stärker sein zu können als ihr Gewissen, ein Irrtum, der in vielen bis heute nachwirkt, und in dem leichten Schwindel, der mich überkam, hatte ich wieder den säuerlichen Kupfergeschmack auf der Zunge, wie oft nach den Infusionen, und fragte: »Hast du denn später nicht mal in deine Akte geschaut? Es gibt doch sicher eine, oder?«

Er hob die Schultern, zog die Mundwinkel herab. »Kann sein«, sagte er. »Ist sogar wahrscheinlich. Es gab ja über alles eine Akte. Aber ehrlich gesagt, ich will es nicht wissen. Ich bin nicht so kultiviert wie du. Womöglich würde ich Unfug machen, und dann wäre alles umsonst gewesen.«

Er stellte die leere Flasche weg und nahm einen weißen, im Licht leicht durchscheinenden Papieranzug
aus dem Schrank. »Vorbei ist vorbei. Ich hab jetzt
andere Probleme. Oder sie haben mich. Aber soll ich
dir sagen, was mich hochgehalten hat in all den Jahren? Wieso ich das überhaupt ertragen konnte, ohne
mich aufzuhängen? Wegen der Pferde hier, der Traber.«

Rasch schlüpfte er in den Overall und schloss die
Druckknöpfe bis zum Hals. »Nicht nur weil sie schön
sind und elegant laufen und noch im Zaumzeug frei
aussehen und so. Wenn sie gut drauf sind, das Tem-
po nicht überziehen und die Bahn halbwegs eben ist,
gibt es eine spezielle Phase in ihrer Gangart, weißt du.
Man kann das nur schwer erkennen und braucht eine
Top-Kamera, um es zu fotografieren. Aber ich hab's
dann doch gesehen durch mein vergittertes Fenster.
Wenn du ruhig genug hinschaust, siehst du alles,
Alter. Sie schweben! Eine Sekunde lang, manchmal
auch weniger, sind alle vier Hufe in der Luft, und sie
schweben. Und das hat mir die Sache irgendwie leichter gemacht. Keine Ahnung, warum.«

Ich nickte, trank noch einen Schluck, sagte aber
nichts. Ich musste an die Nächte denken, in denen
man uns zum Wachdienst verdonnert hatte, Schulter
an Schulter in einem Erdloch am See, wo kaum mehr
zu hören war als das gelegentliche Tschilpen irgend-
welcher Vögel, wie zarteste Silberbeschläge am weit
entfernten Rand der Stille. Und wenn er dann den

Kopf gehoben und in den mondhellen Himmel über den Tannen geblickt hatte, war derselbe Ausdruck in seinen Augen gewesen wie jetzt: grenzenloses Staunen über die Schönheit des Lebens, trotz aller Zäune und Minenfelder um uns herum, und eine fast kindliche Wundergläubigkeit.

Der Spruch meiner Großmutter fiel mir ein, die Sache mit dem Knoblauch und der Naivität, und als wieder jene Musik erklang, zeigte ich auf den Lautsprecher. »Wieso wird hier eigentlich immer dieses Klavierstück gespielt, sag mal? Ist das von Mozart?«

Er hob die Schultern. »Keine Ahnung, ich hör das kaum noch. Aber du glaubst nicht, wie musikalisch Pferde sind. Die lieben zum Beispiel Abba und Boney M, ohne Scheiß jetzt. Dann kriegen sie gute Laune und sind ganz leicht zu führen. Doch richtig auf Trab kommen sie erst bei diesen klassischen Nummern, Allegro Espresso, oder was. Da zucken die Hufe noch im Schlaf.« Grinsend schloss er seine Manschetten. »Na ja, hab früher auch mit Rammstein trainiert …«

Er bückte sich, stopfte die Hosensäume in die Socken, und dann trat der Schmied aus einem Quergang, ohne Schürze jetzt. Er trug eine Windjacke und eine jener Mützen, die man früher Schlägerkeile oder Schieberkappen genannt hatte. »Du, Wolle, es geht los, die spannen grad den Speedy an«, sagte er. »Und den anderen Gaul hab ich erstmal zu dem Wallach gestellt; da wird nichts passieren. Gib dem nicht immer diese Pellets, hörst du. Der hat viel zu viel Saft in der Jacke, guck dir die Futterflecken an. Und ich brauch noch das Alter und den Namen für meine Rechnung. Wie heißt er jetzt?«

Er öffnete ein Heft, zog einen Bleistift hinter dem Ohr hervor, und Wolf stöhnte auf. Dann sah er mich an, und ich weiß nicht, warum ich in seinem heiter genervten Blick etwas Komplizenhaftes zu erkennen meinte, wie früher nach irgendeinem Unfug oder vor einer Attacke beim Bolzen, was unserem Wiedersehen plötzlich alles Fragliche nahm. Als könnte es kein Vergessen geben. Und es war wohl die damit verbundene Hoffnung auf den alten Einklang zwischen uns, die mich für ihn antworten ließ: »Frag Freddy!«

Der Mann, an dem mir erst jetzt der spitz vorstehende Adamsapfel auffiel, verengte die Augen. Er hatte das fahle, marderartige Zocker-Gesicht, das es in diesem Milieu offenbar häufiger gab; jedenfalls war es mir so oder ähnlich schon am Rennbahnrand und in den überheizten Räumen der Wettmacher unter der Tribüne aufgefallen, wo alle Schiebermützen und Windjacken trugen, sogar die eine oder andere Frau am Tresen, und er hob das Kinn und sagte eisig: »Bitte? Seit wann duzen wir uns?«

Ich spürte, wie mir die Röte ins Gesicht schoss, stellte mein Bier auf den Boden und hätte mich fast schon entschuldigt, da gab Wolf ihm einen Klaps, zog ihm den Lederschirm in die Augen und zwinkerte mir zu. »Also, Alter, ich muss raus, den Klepper anwärmen. Der hat total vernagelte Hufe … Doch nachher könnten wir noch was trinken, oder? Im Kasino drüben – wie wär's?«

»Gern«, antwortete ich erleichtert und stand auf. »Ich muss zwar vorsichtig sein mit dem Sprit, aber wenn du gewinnst, lasse ich eine Flasche Schampus springen. Oder meinetwegen Rotkäppchen-Sekt. Was sagt man denn vor so einem Rennen? Hals und Beinbruch? Oder: Viel Glück?«

Er nahm einen zerschrammten Helm vom Schrank. »Ach, das brauche ich nicht. Unser Star kommt heute kaum aus dem Mittelfeld. Zu weicher Rücken. Ich wäre schon froh, wenn er im Takt bleibt und sich nicht übergeht.« Dann zog er eine gut zwei Meter lange Peitsche aus der Halterung an der Wand und bog die feine Spitze an den Griff. »Manchmal vergessen die Traber nämlich ihre eigene Gangart.«

Der Schmied rückte sich die Mütze zurecht. »Wie die Menschen«, fügte er halblaut hinzu und verschwand zwischen den Boxen.

Immer noch regnete es, stärker sogar. Als ich an die Absperrung kam, hatten sich die Gespanne bereits hinter dem Startauto formiert und bogen in die weit entfernte Nordkurve der Bahn, wo es Laserschranken gab. Eine Weile konnte ich nichts mehr sehen, was auch an der Wölbung des Geländes liegen mochte, und während ich mir einbildete, das Hufgetrappel unter den Füßen zu fühlen – aber vielleicht war es auch nur die S-Bahn am Horizont –, zeigte mir der langohrige, über die Spielgefährten sich erhebende Hase im Brachland mit seinem witternd herumruckenden Kopf, wo in etwa der Pulk lief.

Dann kam der Startjeep vorbei, ein alter Diesel aus NVA-Beständen; der Auspuffgeruch war mir vertraut. Die langen Metallflügel mit der Handy-Werbung nach hinten geklappt, sauste er ohne Licht auf einer asphaltierten Nebenbahn zum Zielpunkt vor der Tribüne, und ich hörte der Lautsprecherstimme zu, den seltsamen Namen: Dunkle Liebe, Presta Yankee, General November, Rambazamba und natürlich Speedy Shame. Ein paar Sekunden später wurde die Führungsgruppe sichtbar, sechs oder sieben Gespanne, eingehüllt in den Atemhauch und den Schweißdampf der Pferde, denen Schaumflocken von den Lefzen flogen. Manche Vorderläufe wurden fast waagerecht gestreckt, so dass die blanken Eisen blitzten, wenn sie eine Laterne passierten, und der Bahnsand spritzte auf wie Wasser.

Zwischen die Sulkys, ihre schmalen Räder, die scheinbar nicht sehr fest auf den Naben saßen, hätte kein Messer gepasst, doch die Pferde, die sich ganz ihrem Fluchttrieb überließen und wohl längst vergessen hatten, dass sie einen Wagen zogen, trabten alles andere als synchron. Aufgrund der angezüchteten oder trainierten Laufart immer nur mit zwei Hufen auf dem Boden, schienen sie permanent um ihre Balance bemüht zu sein, was zu ungelenk aussehenden Kopf-

und Halsbewegungen führte, zu jähen Tritten aus der Spur, und dem ganzen Pulk ein gefährlich wackeliges, in jedem Moment von einer Massenkarambolage bedrohtes Aussehen gab.

Dann war er plötzlich so nah, dass ich die aufgeworfenen Kiesel hören konnte, ihr Ticken gegen die Plastikverkleidungen der Speichen und die Brillen der Fahrer, die mit vorgerecktem Kinn hinter den Kruppen hockten und bellende Rufe ausstießen oder sogar knurrten. Manche schlugen mit den Peitschenstielen gegen die Deichseln aus Aluminium, was einen klirrenden, in den Ohren schmerzenden Ton ergab, Wolfs Overall war schlammbespritzt, und als die langgestreckten muskulösen, vor Schweiß wie poliert aussehenden Leiber mit den flatternden Mähnen an mir vorüberzogen in einem Augenblick unerbittlicher Ernsthaftigkeit, der trotz aller Regeln, Halfter und Startnummern auch etwas Wahnsinniges hatte, wusste ich plötzlich nicht mehr, was ich hier sollte und warum ich überhaupt gekommen war ...

Es knisterte in den Lautsprechern, die Laternen am Bahnrand flackerten, die Reklame des Wettmachers erlosch. Ich hatte übrigens genau auf die Schrittfolgen geachtet, die Hufe, deren Abdrücke sich bereits mit Wasser füllten. Ein Schweben war nirgends zu sehen gewesen, und frierend klappte ich den Mantelkragen hoch und ging zu meinem Auto. Es stand hinter der Tribüne, zwischen Containern voll Dung, wo ich die Verkündung des Siegers schon nicht mehr verstehen konnte und mich zwei Schritte lang fragte, ob es nun Applaus war, was ich da hörte, oder das Geräusch des Regens auf dem schlammigen Weg.

Alte Zwinger

Damals, in den sechziger Jahren, hatte man besser keine Zahnschmerzen. Es gab nur einen Arzt in der Siedlung, und das Wartezimmer war immer überfüllt. Termine wurden nicht gemacht, die wenigsten besaßen ein Telefon. Falls man unzeitig kam, musste man eben Stunden dasitzen und konnte trotzdem Pech haben; um sechs Uhr abends schickte die Helferin alle Patienten nach Hause. Obwohl er sich nach der Frühschicht beeilte mit dem Duschen und tüchtig in die Pedale trat, schaffte mein Vater es selten, vor halb vier in der Praxis zu sein. Aber dann gab es schon keinen freien Stuhl mehr und kaum noch Chancen auf eine Behandlung, und so musste ich mich in jenen Tagen für ihn anstellen – zunächst in einer immer länger werdenden Reihe vor der Haustür des Arztes, die auch bei schlechtem Wetter erst unmittelbar vor Sprechstundenbeginn geöffnet wurde.

Ich hasste diese Zeit, besonders, wenn mein Vater sich verspätete, was öfter vorkam. Gegen Ende des Kohlebooms förderte man auf der Zeche Prosper noch einmal viel, und stiegen die riesigen Lastenaufzüge in die Höhe, hatten sich die Arbeiter in ihrem Personenkäfig zu gedulden, oft bis zu einer halben Stunde.

Die Luft war schlecht, kaum einer redete ein Wort in dem Warteraum, in dem ein paar Gummibäume standen, und wenn unser Name aufgerufen wurde und ich anderen den Vortritt lassen musste, weil mein Vater immer noch nicht da war, belächelte man mich, als hätte ich Angst vor dem Bohrer. Und fast immer gab es irgendeinen Idioten, der dann sagte: »Hömma, Kleiner, jetzt ist dein Platz aber verfallen, klar? Nach der Perle bin ich dran.«

Es war wie in der Schule, vor der großen Tafel; alle sahen mich an, und der Schweiß brach mir aus bei dem Versuch, die Situation zu erklären. Doch noch schlimmer wurde es, wenn ich von der Toilette kam und meinen Stuhl besetzt vorfand, so dass ich mich zwischen die Nachzügler in den Flur stellen musste. Keiner machte mir Platz, damit ich mich wenigstens an die Wand lehnen konnte, und mir wurde flau vor Aussichtslosigkeit bei dem Gedanken, man hielte mich für einen der Letzten; dabei war ich doch einer der Ersten gewesen.

Aber wenn mein Vater endlich in der Tür erschien, klärte sich alles rasch. Er war ein breitschultriger Mann, und seine Wildlederjacke passte gut zu den Samtcordhosen, die er immer trug und die so angenehm rochen, wenn sie neu waren. Das dunkelblonde Haar schimmerte noch feucht von der Kaue, und er nickte der Arzthelferin zu, legte mir eine Hand auf die Schulter und führte mich ins Wartezimmer, mitten hinein; nie wurde er verlegen. Ohne dass er sie wirklich erhob, war seine Stimme einschüchternd voll, er sang den Bass im Bergmannchor, und wenn ich ihm gezeigt hatte, nach wem er an der Reihe war, bedankte er sich mit einem Augenzwinkern und gab mir seinen Fahrradschlüssel.

Jubelnd trat ich dann in die Pedale. Ich hatte kein eigenes Rad, erst musste die Schrankwand abbezahlt werden, und das meines Vaters war noch zu groß für mich; ich fuhr es meistens im Stehen und ruhte mich zwischendurch auf der Stange aus. Die verrostete Klingel war schwer zu betätigen, lieber hupte ich mit dem Mund, und es machte Spaß, am Nachmittag über den Sportplatz zu rasen und so zu bremsen, dass der Linienkalk in die Höhe flog. Man durfte sich nur nicht erwischen lassen.

Jenseits der neuen Kirche mit dem freistehenden Turm gab es eine weitläufige Heide voller Besenginster, und auf den krummen Wegen, oft nur Trampelpfade, spielte ich Gelände-Rallye. Das alte Fahrrad war sehr schwer und hatte keine Gangschaltung, von einer Federung zu schweigen, und als ich einmal ein Erdloch übersah, zerdrückte ich mir fast die Eier. Stöhnend ließ ich mich ins Gras fallen, und obwohl ich den Mund weit aufriss, kriegte ich kaum Luft. Hinter den geschlossenen Lidern zuckten bunte Muster.

Da hörte ich ein Moped, ganz nah. Jeder erkannte den Auspuff sofort. Es war Raskin, der hier fast täglich auf seiner verbeulten Maschine herumstocherte,

ohne Nummernschild und natürlich auch ohne Füh-
rerschein. Einen Moment lang hoffte ich, er würde
mich nicht sehen; der Ginster wuchs ziemlich dicht.
Doch dann roch ich schon das Zweitakterbenzin und
musste husten von dem hochgewirbelten Staub. Zigarette im Mund, drehte er den Zündschlüssel um und
blickte auf die Hände zwischen meinen Knien. »He,
Timtim, du grüne Gurke, was machst ’n du hier?« Der
Motor stotterte ein bisschen nach. »Wichsen?«
Ich fand ihn okay. Er hatte blonde Locken, von seiner
Mutter geschnitten, eine krumm verwachsene Narbe
über der Braue und schlitzartig schmale Augen, und
obwohl er fast fünfzehn war, ging er erst in die sie-
bente, wie ich; sie hatten ihn drei Mal nicht versetzt.
Aber das war ihm egal; er wollte nur die Schule hinter
sich bringen, um dann zur See zu fahren, wie er sagte.
Er brach in die Lauben der Schrebergärtner ein, prü-
gelte sich und soff wie ein Loch, und trotzdem hatte
er immer Schnitte, was ich eigentlich nicht verstand;
kaum ein Rummel oder ein Schützenfest, auf dem er
nicht mit einer anderen knutschte.
»Wo warst du denn heute«, fragte ich und zog eine
Zigarette aus der Schachtel, die er mir hinhielt, eine
Roth-Händle. »Der Bramhoff hat dich eingetragen.
Du kriegst in Algebra bestimmt eine sechs.«
In seinen Lippenwinkeln klebte getrockneter Speichel, und das Nylonhemd war ziemlich weit aufge-
knöpft, fast bis zum Nabel. Beide Stiefelspitzen auf
dem Boden, ruckte er hin und her auf der Sitzbank

und zupfte vorne an seiner Hose herum. Dabei grinste er mich an, und ich schüttelte den Kopf und sagte: »Schon gut, brauchst mir gar nichts erzählen. Wahrscheinlich hast du die Doppi flachgelegt, oder?«

Weil sie mit ihren extra-knackigen Arschbacken einen Mast halten konnte und immer enge Pullover in Schockfarben trug, waren fast alle Jungs scharf auf Doris Pasewalk, jedenfalls die in seinem Alter. Doch sie wollte nichts mit ihnen zu tun haben; lieber blieb sie unter ihren Freundinnen, pickeligen Trutschen, zwischen denen sie wie eine Rose aussah. Dabei konnte sie ganz schön gemein sein.

»Du hast vielleicht Vorstellungen«, sagte Raskin und gab mir Feuer. »Ich spiele doch nicht mit Puppen! Wenn ich schon diese Einser-Mädchen sehe, die Hand in Hand zum Klo gehen, krieg ich das Würgen. Die tun wer weiß wie kostbar und riechen auch nur nach Sardellenpaste. Und dann sind sie so dämlich und werden schwanger, und du musst bis zur Rente blechen.« Er stieß den Rauch aus dem Mundwinkel und kratzte sich die glatte Brust. »Da lob ich mir die reiferen Kaliber!«

Wahrscheinlich sprach er aus Erfahrung. Einer seiner Brüder hatte ein uneheliches Kind, und dauernd stand die Polizei vor der Tür, weil er mit den Raten, oder wie das hieß, im Rückstand war. Aber ich fand Doris Pasewalk trotzdem wunderschön. Sie war die beste Läuferin in unserer Schule und hatte schon mehrere Urkunden bei den Sportfesten gekriegt, und als ich ihr einmal beim Trainieren auf der Aschenbahn zusah, kam sie an die Barriere, und sagte: »Mensch, Timtim, glotz dir nicht die Augen aus, du bist noch viel zu jung! Hol mir lieber Zigaretten.«

Mein richtiger Name ist Tim Theissen, aber wenn ich aufgeregt bin oder Angst habe, stottere ich ein bisschen, und darum nennen mich alle Timtim. Einen fleckigen Lappen in der Hand, drehte Raskin die Zündkerze fest. »Was meinst du denn mit reifere Kaliber«, fragte ich. »Stimmt es also doch, dass du mit der alten Morian poussierst?«

Er machte ein Gesicht, als schiene ihm die Sonne in die Augen. Zwischen den unteren Zähnen gab es einen aus Gold, und man erzählte sich, dass der von seinem toten Vater war, ein Zechenunglück. Er trug auch seine Schuhe auf.

Frau Morian lebte in einem alten Fachwerkhaus an der Dorstener Straße. Sie hatte früher in einer Bar gearbeitet, in Köln, aber meine Mutter tippte sich immer an die Stirn, wenn sie »als Sängerin« sagte, und ihre Freundinnen, die mittwochs zum Kaffeetrinken kamen, schmunzelten dann. »Poussierst?«, fragte Raskin. »Was soll denn das sein. Erstens ist sie gerade mal fünfzig oder kurz darüber, und das ist für Frauen das beste Alter, warte ab. Dann wollen sie nur noch gestoßen werden, und man kann voll draufhalten. Und zweitens *poussiere* ich nicht, du Milchei!« Wieder machte er diese Beckenbewegung. »Ich ficke!«

Mein Herz schlug sehr schnell, was sicher an der starken Zigarette lag. Ich konnte Filterlose nicht so gut vertragen. Am liebsten rauchte ich Attika, wegen der eleganten Schachtel, oder auch Lord, und während ich zum Horizont blickte, als wäre da plötzlich etwas anderes zu sehen als die immer gleichen Kühl- und Fördertürme zwischen den Kohlehalden, fragte ich so beiläufig wie möglich: »Klar, verstehe; du kriegst sie alle rum, oder? Kann ich mal zugucken?«

Raskin, der eigentlich Jens hieß, den aber nur die Geschwister so nennen durften, stutzte gespielt und maß mich mit einem spöttischen Blick. »Der kleine Timtim ... Ich glaub, es hackt! Musterschüler, Weihrauchschwenker – und versaut wie Nachbars Lumpi. Hast du überhaupt schon Schlamm auf der Pfeife?«

Ich grinste. Das mit der Schule war natürlich nicht wahr, von Deutsch und Kunst einmal abgesehen; ich hatte in Mathe und Physik eine Vier und kam im Sport selten aus dem letzten Drittel. Und Ministrant war ich ebenfalls nicht; ich konnte mir die lateinischen Texte kaum merken und wurde darum höchstens mal als Lektor eingesetzt, was mir sogar Spaß machte: »Lesung aus dem ersten Brief des Paulus an die Korinther: Wenn ich mit Menschen- und mit Engelszungen ...« Es hallte so gut in der neuen Kirche, und da ich ziemlich laut sprechen musste, stotterte ich nie.

Auch Frau Morian kam manchmal zur Sonntagsmesse, zum Hochamt um elf, blieb aber immer ganz hinten neben dem Beichtstuhl stehen. Ihre flachsfarbenen Haare, achtlos aufgesteckt, sahen wie ein

wippliges Vogelnest aus, und meistens trug sie ein
enges schwarzes Kostüm, durch dessen Stoffknöpfe
schon das Metall schimmerte. Die Strümpfe hatten
Löcher oder Laufmaschen, und sie konnte nicht sehr
gut gehen in ihren Pumps, wie es schien; die Haut
der geschwollenen Füße quoll über die Lederränder.
Manche sagten aber auch, das Schwanken hätte etwas mit dem Inhalt ihrer Handtasche zu tun, und tatsächlich kriegte sie einmal – es war der Moment der
Wandlung, die stille Sekunde vor dem Schrillen der
Glöckchen – einen jähen Schluckauf.
Man belächelte das und steckte die Köpfe zusammen;
man hatte wieder etwas zu klatschen – wie am letzten
Ostersonntag, als sie mit einem grauhaarigen Neger
gekommen war. Er ging ohne sie zur Kommunion und
brachte ihr die Hälfte seiner Hostie. – Man fand es
aber ganz und gar nicht komisch, wenn die Frau sich
nach der Messe, kaum stand sie auf dem Kirchplatz,
eine Zigarette ansteckte; sogar der sanftmütige Pfarrer drohte ihr dann mit dem Zeigefinger. Eine anstän-
dige Frau rauchte nicht auf der Straße, und wenn sie
es doch tat, war sie eben nicht mehr anständig, was
so viel hieß wie ein Flittchen oder eine Hure. Doch
Frau Morian, die Lippen hellrot und die Augenlider
türkis geschminkt, schien das nicht zu interessieren.
Sie inhalierte tief, hielt ihr welkendes Gesicht in die
Sonne und grüßte jeden, der sie feindselig ansah, mit
einem freundlichen Nicken.
Einmal, als ich gerade vorbeikam, fiel ihr das Streich-

holzbriefchen herunter, und ich bückte mich danach und reichte es ihr mit spitzen Fingern. Ein Trompeter war darauf abgebildet, und sie umfasste meine Hand, zog mich näher heran und sagte heiser: »Danke, Süßer. Du hast 'ne schöne Stimme.« Da roch ich das gleiche Parfüm, das auch meine Mutter benutzte, Tosca von 4711. Auf ihrer Wange klebte so ein künstlicher Schönheitsfleck, und als sie »wie ein Profi« hinzufügte, musste ich grinsen. Sie trug übrigens eine Herrenuhr, eine Kienzle, was mir ziemlich gut gefiel.

Der Grund, auf dem sie wohnte, hatte früher ihren Eltern gehört, böhmischen Hundezüchtern, und das handgemalte Firmenschild an der Pforte des Zauns war sehr verwittert. Man konnte nur noch die Umrisse und die Augen eines Dackels erkennen. In der kleinen Einfahrt, zwischen Stein- und Bretterstapeln, rostete ein Mörtelmischer, und aus den halb fertigen Fundamenten einer Garage ragten verbogene Eisen. Der Lehmputz des Hauses fiel hier und da schon ab, die Strohmatten zwischen dem Fachwerk faulten, und auch in dem Schindeldach gab es Löcher.

Ich lehnte das Fahrrad gegen eine Birke, und als Raskin auf die Klingel im Windfang drückte – »Familie Morian« stand auf einem kleinen, mit Kuli beschriebenen Zettel –, reagierte niemand. Nur ein paar Schwalben schossen unter der Regenrinne hervor, und er zog sein Sturmfeuerzeug aus der Tasche und klopfte damit gegen die Türscheibe. Der Vorhang dahinter war eigentlich eine Fahne, das Kleeblatt von Rot-Weiß Oberhausen. »Wo ist die alte Fotze denn?«, murmelte er. »Wahrscheinlich wieder besoffen ...«

Dann machte er eine Kopfbewegung, und ich folgte ihm um das Haus. An der Giebelwand wuchs Moos, ein Fenster war mit Sperrholz vernagelt, auf das jemand ein Hakenkreuz gekratzt hatte, und er bückte sich und schlüpfte unter einem Fliederbusch hindurch. In dem grün durchsonnten Hohlweg war die Erde feucht und schmatzte leise unter den Sohlen, die spitzen Blätter kitzelten mir den Nacken, und plötzlich fühlte ich ein seltsames Ziehen in allen Gliedern, einen herbsüßen Sog, wer weiß wohin.

Ich schloss einen Moment lang die Augen. Zweige, von Raskin zur Seite gedrückt, kratzten über die Mauer und schlugen mir ins Gesicht, und dann japste ich vor Schreck und hielt mich an dem verbeulten Fallrohr fest. Kaum weiter als drei oder vier Schritte von der Hofseite des Hauses entfernt ging es fast senkrecht in das Baggerloch hinab, in die riesige Kiesgrube mit dem milchblauen See; ich konnte auf die Rücken von Krähen blicken, und die Planierraupen und Menschen dort unten waren nicht größer als das Zubehör meiner Modelleisenbahn.

Wurzeln ragten aus den schwarzen, hellbraunen und sandfarbenen Erdschichten in die Luft. Vorigen Sommer hatte sich hier noch der Garten der Morians befunden, ein wild wucherndes Indianer-Paradies voller Apfelbäume und alter Zwinger, und atemlos drückte ich mich an der Mauer entlang. Zwar war der Hang um das Haus herum mit unzähligen Stützen und Balken befestigt worden, dennoch gab es Absenkungen und Risse im Boden, und wahrscheinlich machte ich große Augen, denn Raskin lachte. »Da hat er Bammel, der Zwerg. Ist doch praktisch, oder? Die braucht keine Müllabfuhr mehr. Die pfeffert alles aus dem Fenster.«

Ein Lastauto hupte, ein fanfarenartiger Ton, widerhallend in den Silos, und er zog einen Schlüssel unter der kleinen Treppe hervor und öffnete die Hintertür. Es war düster und roch muffig in dem Flur, der mit durchgelaufenem Stragula ausgelegt war, einem Rosenmuster. An den Wänden hingen Fotos von Frauen in Bikinis, und ich konnte in eine Küche sehen, wo es statt des Wasserhahns eine Pumpe neben dem Spülstein gab. Überall Geschirr voller Speisereste, auch auf dem Boden, und vor dem offenen Kühlschrank glänzte eine Lache und zitterte leicht von dem Betrieb der Bagger in der Tiefe.

In dem Zimmer auf der anderen Flurseite stand ein Klavier mit einem Campingstuhl davor, und Raskin hämmerte auf die gelblichen Tasten. »He, Schnalle, wo bist du?«, rief er. »Komm Flöte spielen!« Dann stieß er mich an, und ich grinste zwar auch; während wir lauschten, fragte ich mich allerdings, was für eine Art Witz das sein sollte und warum er das Klavier jetzt Flöte nannte. Ein Notenheft lag auf der Fensterbank, »Die Winterreise« von Franz Schubert.

Nichts und niemand war zu hören, und schließlich öffnete er eine Falttür am Ende des Korridors. Sie hatte holzfarbene Lamellen, an denen Pril-Blumen klebten, und kaum war er dahinter verschwunden, federte sie knarzend wieder zu. Doch ich wagte mich nicht weiter in die Wohnung; ehrlich gesagt wurde mir übel von dem Geruch. Ich versuchte, die Signaturen auf den Fotos zu entziffern. »Rachel Malony«, stand auf einem, »Scarlett de Paris« auf einem anderen, und unter einer fast nackten Frau – eigentlich hatte sie nur zwei spitze, mit Fransen behängte Hütchen auf den Brustwarzen und hielt sich beide Hände vor die Scham, während sie einen Kussmund machte – las ich mit Mühe: »Für Anne Morian, in ewiger Liebe! Stella.« Trotz der Glasrahmen waren die Bilder fleckig und wellig, auch das größte, das eine schöne blonde Frau an einem Konzertflügel zeigte.

Sie trug ein rückenfreies Kleid mit einer Diamantschnur zwischen den Schulterblättern. An den Tischen im Hintergrund saßen Soldaten, und während ich noch rätselte, ob das deutsche oder amerikanische Uniformen waren, erschien Raskin wieder in der Tür. Die Brauen zusammengezogen, sah er mich einen Moment lang an wie sonst seine Gegner vor Schlägereien; doch war er wohl nur nachdenklich. Dann fiel mir die Uhr an seinem Handgelenk auf, eine Kienzle, und er biss sich etwas Haut von der Lippe, spuckte sie aus und sagte: »Jetzt komm schon rein, Tim. Sie wartet auf dich.«

Die Dielen unter dem Rosenmuster federten bei jedem Schritt, und der üble Geruch nahm zu. Auf einer Kommode stand eine halbvolle Dose Hundefutter, von hellgrauem Schimmel wie von einem Fell überzogen, und Raskin, der mich immer noch anstarrte, wenn auch mit einem herben Grinsen jetzt, hielt mir die Tür auf. Vorsichtig spähte ich unter seinem Arm hindurch in das Zimmer, in dem ein dunkelgrüner, mit Wäsche und Strümpfen behängter Kachelofen stand, alle Klappen offen. Ein Häufchen Eierkohlen lag auf dem Boden.

Die fadenscheinigen Stores an den Fenstern waren zugezogen, und ich musste mich erst an das Zwielicht gewöhnen. In einem Glasschrank in der Ecke schimmerten goldverzierte Tassen, wie auch meine Oma sie sammelte, unter der Decke hing ein Fliegenfänger aus Klebeband, und auf den Cocktailsesseln stapelten sich zerlesene Bücher, manche aus unserer Pfarrbücherei. Die Tapete war mit einem Bambusmuster bedruckt, und überall standen Flaschen und randvolle Aschenbecher herum. Nur einer, ein gelber mit der Aufschrift Ricard, war ganz sauber und enthielt einen winzigen Rest getrockneter Milch.

Die vielen Schatten im Raum verwirrten mich. Frau Morian lag auf einer ausgeklappten Couch in der Zimmermitte, und das erste, was ich dachte, war: Warum schläft die denn ohne Bettwäsche. Nicht einmal eine Wolldecke hatte sie über das Polster gebreitet, und das fleckige Zudeck war unbezogen; hier und da stachen Daunenkiele aus dem roten Stoff. Ein Bein ragte ein Stück weit darunter hervor, eine dicke Wade voller Krampfadern, und die Nägel an den Zehen waren in die Haut eingewachsen. Aber an der Fußtaille hing ein Kettchen.

Um das Gesicht der Frau hinter dem Plumeau sehen zu können, musste ich noch einen Schritt näher treten, auf Kataloge und Zeitschriften, wobei ich mit der Schuhspitze irgend etwas Weiches berührte und zusammenschreckte. Es war aber nur ein Paar alter Schlappen aus künstlichem, von irgendeiner Flüssigkeit verklebtem Fell. Trübe Sonnenstrahlen fielen durch die Vorhangschlitze auf das Sofa.

Frau Morians Kopf war weit in den Nacken gebogen. Das Gesicht mit den eingesunkenen Wangen kam mir viel schmaler vor als sonst, grauer auch; der künstliche Schönheitsfleck lag auf dem Kissen. Das Weiße in den halb geöffneten Augen sah schleimig aus, in den Wimpern hingen Staubflocken, irgendwelche Pollen, und der Mund stand so weit offen – zwischen den bläulichen Lippen und ihrem Gebiss, dem Plastikzahnfleisch, klaffte ein Spalt. »O Gott«, flüsterte ich. »Was hat sie denn? Braucht sie Hilfe?«

Ich hatte wohl gestottert, denn Raskin, der sich gerade eine Zigarette ansteckte, gab mir einen Klaps auf den Hinterkopf und sagte in normaler Lautstärke: »Stell dich nicht so b-blöd an, Mensch. Noch nie 'ne Tote gesehen?« Er zeigte auf den Tisch zwischen den Fenstern, die Obstschale voller Röhrchen, Schachteln und Ampullen. »Die war von morgens bis abends krank. Der ganze Bauch voller Schnitte ... Aber immer gut gepichelt. Für 'ne Flasche Martini kriegtest du alles von der. Ich glaub, du bist der Einzige in der Siedlung, dem sie's noch nicht besorgt hat.«

Zigarette im Mund, stopfte er beide Fäuste in die Taschen seiner Jeans, und wieder verdunkelte sich der Blick, die Wangenknochen zuckten. Rauch stieg ihm aus der Nase. Mit der Stiefelspitze zerdrückte er eine Pille auf dem Boden, bis sie nur noch weißes Pulver war, und plötzlich trat er so heftig gegen das Couchgestell, dass der Kopf der Frau sich bewegte. »Gottverdammte Scheiße! Ich war vielleicht geil! Und die kratzt einfach ab, die blöde Kuh!«

Ich setzte mich auf einen Sessel, auf die Kante bloß, und schob die Hände unter die Achseln. Natürlich hatte ich schon einmal einen Toten gesehen, meinen Großvater, aber der hatte lächelnd zwischen Blumen gelegen und eigentlich wie immer gewirkt, wie beim Mittagsschlaf. Nur der Scheitel war an der falschen Seite gewesen. »Wir müssen jemanden rufen, oder? Sie kann ja nicht hier bleiben«, sagte ich und stieß leise auf. »Vielleicht einen Arzt? Oder einen Priester? Wen ruft man denn da? Die Feuerwehr?«

Mein Speichel schmeckte plötzlich so wie früher, wenn ein Milchzahn ausgefallen war. Doch Raskin schien nicht zugehört zu haben. Er legte seine Zigarette weg, klappte eine Ecke des Federbetts um und starrte eine Weile auf die Verstorbene. Dabei pfiff er

vor sich hin und fummelte wieder an seiner Hose.
Der Reißverschluss war offen. »Kaum zu glauben«,
sagte er endlich. »So ein ranziger Wischmob, älter als
meine Mutter, und hat solche Dinger! Wie 'ne junge
Schickse.«

Es roch einen Moment lang nach versengten Haaren; wahrscheinlich hatten sie im Aschenbecher gelegen. Ein Knie auf der Couchkante, beugte er sich
über die Frau, pustete eine Fluse weg, zog an einer
eingesunkenen Warze und walkte dann, als wären sie
aus Teig, mit beiden Händen ihre Brüste durch. Dabei entstanden Abdrücke von seinen Fingern, kleine
Mulden, und er stieß einen wohligen Knurrlaut aus
und zwinkerte mir zu. »Die volle Pracht! Na los, du
Messdiener, guck's dir an! Das kriegt man nicht alle
Tage.«

Ich runzelte zwar die Brauen, trat aber näher, und
tatsächlich kam mir die Partie vor, als gehörten sie
nicht zu dem, was ich sonst von Frau Morian sah.
Die Haut am Hals und an den Schultern war run-
zelig, und die Oberarme hatten gelbe und grünliche
Flecken, doch ihre Brüste, etwas blasser als der übrige
Körper, ragten makellos empor, mit dunklen Warzenhöfen, und ich musste an Doris Pasewalk denken, an
ihre engen Pullover, unter denen sie nicht immer Büs-
tenhalter trug. Und vielleicht war ich deswegen kurz
unachtsam.

Die Federung knarrte, und blitzschnell langte Raskin
über die Liege und packte mein rechtes Handgelenk,

umklammerte es fest. Trotz seines Grinsens sah ich die Kälte hinter den blauen Augen, und ich bog den Oberkörper zurück und stemmte mich gegen seine Absicht. Ich zitterte vor Anstrengung, knirschte sogar mit den Zähnen. Doch er war stärker; die Muskeln an seinen Unterarmen traten hervor, und die Faustknöchel wurden weiß. »Hör auf!«, keuchte ich. »Bitte …«

Auf dem Boden war kaum Halt zu finden. Die Magazine unter meinen Füßen rutschten, Gläser und Flaschen klirrten gegeneinander, ein alter Blechwecker kippte um, und obwohl ich Angst hatte, panische, weil mir das Wort Leichengift einfiel, musste ich plötzlich schmunzeln, keine Ahnung warum. Aber dadurch verlor ich einen Lidschlag lang die Spannung, und mit einem Ruck – fast wäre ich über die Frau gefallen – drückte Raskin meine Hand auf ihre Brust.

»Na, wie ist das, Kleiner? Nicht übel, oder?« Sein Goldzahn glänzte. »Die erste Titte deines Lebens! In die nächste wirst du reinbeißen, das schwör ich dir. Kriegst du schon ein Rohr?«

Ich schüttelte den Kopf. Den Atem anhaltend, zog ich die Lippen nach innen und presste die Lider so fest zusammen, dass es brannte. Raskin sollte mich nicht weinen sehen; er würde es jedem erzählen. Und obwohl es vielleicht töricht war, wollte ich auch nicht, dass Frau Morian mich weinen sah, denn ihre Brust fühlte sich wirklich unglaublich an; nie vorher hatte ich derart zarte Haut berührt. Sie war kalt, was mich zuerst erschreckte, doch durch die Wölbung kam sie mir auch wieder warm vor, als wäre sie noch lebendig und würde es immer sein. Ich fing an zu beten, lautlos natürlich, und erst als ich Raskins Stimme in der gegenüberliegenden Ecke des Raumes hörte, wurde mir bewusst, dass er meine Finger gar nicht mehr festhielt. Langsam nahm ich sie weg und wischte sie an der Hose ab.

Er stand vor dem Schrank mit den Sammeltassen und kippte den Inhalt eines Schubfachs auf den Boden: Formulare, Briefe, getrocknete Blüten. Mit der Fußspitze schob er alles auseinander. »Was meinst du?«, fragte er und bückte sich nach einem silbernen, mit Pailletten bestickten Täschchen. Ein winziges Fernglas war darin. »Ob wir sie kurz pimpern können? Die ist doch noch gut, oder? Wir legen was übers Gesicht …«

Ich blickte auf den Mund der Frau, die falschen Zähne, zwischen denen es Speisereste gab, und war mir nicht sicher, ob er es ernst meinte; vielleicht wollte er mich testen. Doch das Herz schlug mir im Hals, und meine Stimme war fast nur noch Atem, als ich sagte: »Was soll denn das heißen? Bist du verrückt?«

Er betrachtete mich durch das Opernglas. »Na wieso? Die merkt ja nichts mehr. Die schwebt schon im Himmel.« Dann steckte er es ein, trat wieder an die Couch und öffnete das Kettchen an der Fessel. »Komm, ich zeig dir, wie man's macht. Was ist denn dabei. Meine Cousine lernt im Krankenhaus, Intensivstation, und die üben immer das Rasieren an den

Toten oder wie man ihnen Nadeln und Schläuche reinschiebt. Das geht ganz leicht.«

Auch der Fußschmuck verschwand in seiner Jeans, und schließlich hob er das Federbett an und blickte darunter. Die Luft veränderte sich; an dem Klebeband unter der Decke summten ein paar Fliegen. Bis auf die Sohlen der Frau konnte ich nicht sehen, was er sah, doch irgend etwas stieg mir säuerlich die Kehle hoch. Ich blähte die Backen und rülpste leise. Auch Raskin wurde fahl, wie mir schien. Die Bettzipfel noch in den Händen, wendete er den Kopf ab, zog die Nase kraus und schloss kurz die Augen.

»Uh, nee!«, keuchte er. »Ich nehm alles zurück. Die ist doch nicht mehr gut.« Und dann lief ich hinaus und erbrach mich.

Am darauf folgenden Morgen hatte ich Ausschlag und Fieber und auch etwas Schnupfen und musste nicht in die Schule. Ich las den ganzen Tag in »Der letzte Mohikaner« und fragte meine Mutter, ob man von Leichengift sterben könne. Sie war damit beschäftigt, die gereinigten Stores aufzuhängen; sie hatte Stecknadeln zwischen den Lippen, zählte die Falten ab und sagte, ich solle sie mit meinen Räuberpistolen in Ruhe lassen. Dann fragte ich sie, wer Franz Schubert sei, doch sie wusste es nicht, und ich schlug im Lexikon nach und las, dass er auch schon tot war. Er habe ein kurzes, unglückliches, von Krankheit überschattetes Leben gehabt, und in seinen Kompositionen gebe es eine lächelnde Wehmut, stand da. Eine Weile drehte ich am Radioknopf herum in der Hoffnung, sie würden etwas von ihm bringen. Der Empfang, der ohnehin oft gestört war wegen der Fördertürme, wurde durch ein drohendes Gewitter noch verschlechtert; die Leuchtskala mit den Städtenamen flackerte. Bei Riga fand ich dann zwar klassische Musik, und sie hörte sich auch wie Wehmut an, aber als meine Mutter fertig war mit den Gardinen, schickte sie mich ins Bett und stellte wieder ihren Schlagersender ein.

In der Nacht träumte ich von den alten Zwingern aus Backsteinen und Stahl und der Hitze unter dem Wellblechdach. Eine Zeitlang hatten wir fast täglich dort gespielt, doch ein Hund war nie darin gewesen. Auch in dem Traum befanden sich nur Fressnäpfe und kalkige Kotreste hinter den Gittern, und die rostigen Türen, die immer gequietscht hatten, bewegten sich völlig lautlos im Wind.

Am übernächsten Morgen war das Fieber weg, leider; ich musste zum Unterricht und später auch wieder in die Zahnarztpraxis. Weil im Fernsehen aber gerade die Mondlandung lief – eine langweilige Sache, meistens zeigten sie das Kontrollzentrum in Houston –, war das Wartezimmer so gut wie leer, was mich ziemlich ärgerte; ich wäre gern zum Schwimmen an den Kiessee gegangen. Während hinter der Tür der Bohrer sirrte, saß ich allein mit einer Frau zwischen den Gummibäumen und blätterte in einem alten »Fix und Foxi«-Heft.

Zum Glück kam mein Vater etwas früher. Offenbar

war er so verblüfft über den leeren Raum, dass er zu grüßen vergaß. Er trug seine neue schwarze, mit geflochtenen Schulterlitzen und goldenen Knöpfen verzierte Knappenuniform und hängte die topfartige Mütze mit dem eingewebten Bergbauzeichen an einen Haken. Seine Hosenbänder schimmerten leicht, genau wie die glatte Seite der Briketts, und die Frau ließ ihre Zeitschrift sinken und blickte zu ihm auf, als wäre er ein General. Doch er lächelte mich an. »Ach Gott«, sagte er, wobei er seltsamerweise flüsterte. »Da hättest du ja gar nicht herkommen müssen. Tut mir leid.«

»Kein Problem«, antwortete ich. »Warst du singen?« Er setzte sich, zog eine »Neue Ruhrzeitung« vom Tisch und nickte. Wie oft nach Feierabend hatte er Schatten unter den Augen. Außerdem war er weniger glatt rasiert als sonst, und die blonde Frau blickte immer mal wieder über den Illustriertenrand. Die Beine übereinander geschlagen, ließ sie eine Fußspitze wippen, so dass ich das Preisschild unter der Schuhkehle sehen konnte.

»Und wo hast du gesungen?«, fragte ich. »Auf einem Begräbnis?«

»Was?« Er schüttelte den Kopf. »Wie kommst du denn darauf?«

Ich zuckte mit den Achseln. Kirchenprozessionen und Schützenfeste einmal ausgenommen, sang er gewöhnlich auf Hochzeiten von Kumpeln, von denen er oft beschwipst nach Hause kam, oder eben auf ihren

Beerdigungen; danach war er meistens nüchtern. Doch das wagte ich nicht zu sagen.

»Wir haben unter Tage gesungen«, murmelte er. »Ein Flöz war leer, und dann rückt man an zum letzten Lied.«

»Unter Tage?«, fragte ich. »Für wen? Wer hört euch denn da?«

Er zog kurz die Mundwinkel herab. »Die paar Hauer, die grad in der Nähe sind. Aber das ist nicht so wichtig ...«

Immer noch sprach er gedämpft, und ich hatte das Gefühl, dass es ihm unangenehm war, in Gegenwart der Frau davon zu erzählen. Ihre Pumps hatten dieselbe Farbe wie das Kostüm, ein helles Beige, die schwungvoll ondulierten Haare berührten gerade den Blusenkragen, und ich überlegte, wann ich diese Frisur schon einmal gesehen hatte. Doch es fiel mir nicht ein.

»Die Kohle ist ausgeräumt, und bevor man alles wieder mit Schutt oder Geröll zustopft, bedankt man sich bei der Erde mit einem Lied«, sagte mein Vater. »Das ist ein alter Brauch.«

Dann gab er mir den Fahrradschlüssel, zückte einen Kugelschreiber und begann, ein Kreuzworträtsel zu lösen. Das machte er meistens, wenn er seine Ruhe haben wollte.

Man konnte das Geschrei der Spieler auf dem Sportplatz hören, die Tritte gegen den schlaffen Ball, und ich blickte aus dem Fenster mit den Metallfäden im

Glas zu der feinen Sichel des Tagmonds hinauf. Aus der Heimatkunde wusste ich, dass manche Flöze mehr als tausend Meter tief lagen und sich durch das halbe Ruhrgebiet schlängelten, und während draußen der Verkehr über die Dorstener Straße rauschte und die Ampel auf Rot und Grün und wieder auf Rot schaltete, während die Nachbarn ihre Einkaufswagen durch den »Schätzlein«-Markt schoben und die neue Kirchenglocke schlug, dachte ich an den schwarz gekleideten Chor in der Dunkelheit, seinen Gesang unter der Erde. Und keiner wusste etwas davon. Ein Auto auf der Kreuzung bremste scharf. Ein Fußgänger fluchte.

Manchmal, besonders bei den leiseren Liedern, klangen die Stimmen, wie Herdfeuer glüht. »Aber vielleicht …«, sagte ich und zog kurz die Nase hoch; ich war immer noch etwas verschnupft. »Vielleicht hören euch die Toten? Könnte das sein? Die sind ja auch da unten. Und dann wäre es nicht so still für sie.«

Mein Vater sah mich an, runzelte die Stirn, und möglicherweise hätte er jetzt so etwas wie »Was ist denn mit dir los?« oder »Spinnst du schon wieder?« gemurmelt; unter meinen Aufsätzen stand öfter »Thema verfehlt«, und dann setzte es eine Fünf. Doch die Frau, die keinen Schmuck trug, nicht einmal eine Uhr, legte ihr Blatt zur Seite, verschränkte die Hände mit den lackierten Nägeln im Schoß und lächelte mich so heiter überrascht und herzlich an, dass sich seine Gesichtszüge entspannten. Er reichte mir sogar sein

Taschentuch. Dabei musterte er sie kurz einmal, ihre Bluse, die Hüften, den wippenden Fuß, und wollte wohl etwas sagen.

Jedenfalls holte er Atem, und sie senkte die Lider, strich sich eine Locke hinters Ohr. Aber dann ging die Tür auf, sie wurde in die Praxis gerufen, und er setzte sich bequemer hin und öffnete den Halsknopf an seiner Kluft. Die Brusthaare wuchsen fast bis zur Kehle.

Nebenan wurde gelacht, irgendwelche Instrumente klirrten, und ich steckte den Fahrradschlüssel ein. Jetzt, wo sie weg war, roch ich das Parfüm der Frau; aber vielleicht war es auch in dem Tuch gewesen, und ich fragte: »Papa?« Wieder sirrte der Bohrer. »Warum musst du eigentlich so oft hierher? Ist das schlimm, was du hast? Kriegst du ein künstliches Gebiss?«

Er stieß etwas Luft durch die Nase, sah jedoch nicht auf von seinem Rätsel. Er sprach wieder ganz normal. »Wieso? Würde dich das stören?«

Ich hob die Schultern. »Weiß nicht ... Oder doch, ich glaube. Das wäre nicht schön.«

Er schmunzelte, fuhr mir rasch einmal über den Kopf. »Nein, keine Sorge, Tim. Ich krieg kein Gebiss. Alles in allem haben wir ganz gute Zähne. Dein Opa hatte nicht eine Plombe. Und jetzt hau ab, ja? Und fahr nicht wieder durch Glas. Auch Flickzeug kostet Geld.«

Dann zog er seine Blechdose hervor und gab mir ein paar Karamellbonbons. Meine Mutter machte sie selbst, aus Sahne und Zucker und einer Prise Salz, und ich lief hinaus und stieg auf sein Rad, das mir plötzlich gar nicht mehr so groß vorkam.

Wenn ich die Beine bis in die Fußspitzen streckte und das Becken zu der jeweiligen Seite neigte, konnte ich die Pedale sogar im Sitzen berühren. Doch die Klingel ließ sich nach wie vor nur schwer bewegen, und ich stieß mein lautestes Mohikaner-Geheul aus, als ich zwischen den Ballspielern hindurch über den Aschenplatz fuhr und an einer Ecke so scharf bremste – der Kalk der Markierung flog auf wie Rauch.

Tempelschlaf

Der Frosch war nicht aus Plastik. Auch sie hatte es zuerst gedacht, der grellgrünen Farbe und der roten Augen wegen. Reglos saß er auf der Gartenpforte, und es gab keine Atembewegung unter der Kehle. Doch als David an der Schnur neben dem Briefkasten zog, schnellte das Tier wie von einer Sprungfeder bewegt zur Seite. Eine Sekunde lang sahen sie die abgespreizten Beine in der Luft, und dann war es auch schon in dem kleinen Teich verschwunden, staubigem Wasser, in dem sich das Pagodendach des Klosters spiegelte. Der Ton des Glöckchens verklang, und die ländliche Stille schien noch zuzunehmen, während sie warteten. Elf Uhr am Morgen war es und bereits sehr schwül, die Reisfelder rochen brackig. Mückenschwärme zogen wie Rauch darüber hin. Eine Schiebetür wurde aufgestoßen, ein junger Mönch mit einer randlosen Brille winkte ihnen zu. Sein blauer Anzug erinnerte an die Mechaniker-Monturen in Europa, und er trat über die Schwelle, um sie auf die klassische japanische Art zu begrüßen: die Hände flach auf den Oberschenkeln, verneigte er sich gemessen, wobei er ihnen in die Augen sah. Und dann lächelte er breit und ließ ein eidgenössisches »Grüezi!« hören.

Reto hieß er und kam aus dem Bergell. Er brachte ihr Gepäck in einen Vorraum und bat sie, die Schuhe auszuziehen. Es roch nach Zimt, und die Reisstrohmatten knisterten leise unter den Füßen. Wie Frau Tayô ihnen gesagt hatte, war es ein kleines Kloster, kaum mehr als eine Eremitage. Fünf Mönche lebten hier und wurden von den Bauern der umliegenden Dörfer versorgt, weil sie, so der allgemeine Glaube, die Verbindung zu den Toten aufrechterhielten.

Durch die offenen Fenster der Meditationshalle konnte man in den schattigen, von Kieswegen durchkreuzten Garten sehen, und David stutzte, als auch die anderen Bewohner herbeikamen, um sie zu begrüßen: Kein einziger Japaner war darunter, nicht einmal ein Asiat; der Roshi reiste gerade durch Amerika. Alle waren kahl geschoren und sehr hager; die oft geflickten Drillichanzüge schlotterten um ihre Körper, und sie schienen ehrlich erfreut zu sein über die Abwechslung, die dieser Besuch für sie bedeutete. Sechs Stunden hatten sie schon meditiert.

Sie führten die beiden auf die Veranda, wo es Tee und Kekse gab. Auf dem niedrigen Tisch lag sogar ein Päckchen Tabak, und man hockte sich auf bunt bestickte Kissen und machte einander bekannt. Reto, ein Japanologie-Student, lebte seit zwei Jahren im Kloster und erledigte seine Seminar- und Examensarbeiten am Computer. Lew und Nikolai, ukrainische Ingenieure um die dreißig, hatten während ihres Katastrophen-Einsatzes in Kobe einen Vortrag des Roshi gehört und sich von heute auf morgen für den Mönchsweg entschieden. Und der ebenfalls noch junge Michele, ein Priester aus Florenz, war irgendwann den Zölibat und die starre Dogmatik des Vatikans leid gewesen. Seine japanische Frau und ihr Kind wohnten in Kyoto, und sie sahen einander alle vierzehn Tage.

Die Kekse aus der Plastikdose waren fast geschmacklos und recht hart; man trank zu jedem Bissen etwas Tee, einen Aufguss aus schon einmal überbrühten Blättern. Dann gab es noch eine getrocknete Aprikose, und schließlich blickte Lew auf die Uhr und teilte ihnen die Arbeiten der nächsten Stunde zu. Die Mönche hatten sich um den Gemüsegarten auf der anderen Straßenseite zu kümmern, Marisa sollte bei den Vorbereitungen fürs Mittagessen helfen und David die Toiletten putzen – eine Order, die dieser mit ironischem Grinsen und einer demütigen Neigung des Kopfes entgegennahm. Auch seine Frau musste lächeln. Doch als sie sagte, er habe es ja nicht anders gewollt und solle nur nicht wieder die Unterseite der Klobrille vergessen, musterte Lew sie kalt und zischte: »From now on: Don't talk!«

Reto führte sie in die Wäschekammer, wühlte in einer Truhe und reichte ihnen zwei Arbeitsanzüge. Dabei rieselten schwarze Krümel aus den Hosenbeinen und Taschen, und er zog bedauernd die Schultern hoch; es gab hier viele Mäuse. Nun bemerkte Marisa auch den säuerlichen Geruch in dem Stoff, und kaum hatte sie die blassblaue Jacke zugeknöpft, fing ihr ganzer Körper an zu jucken. Aber vielleicht war das Einbildung, denn David schien sich wohl zu fühlen in seiner Kluft, trotz der ausgefransten Ärmel. Er stieß sie mit dem Ellbogen an. »Und jetzt schrubb ich die Klos, bis ich erleuchtet bin.«

Auch in der Küche ging es zunächst um Hygiene. Lew, der eine Schürze mit Blumenmuster trug, wies auf einen Hocker am Tisch und goss einen Messbecher voll Naturreis auf ein großes Tablett. Das bewegte er so lange hin und her, bis die Körner dicht an dicht in einer Lage auf dem Holz verteilt waren: eine graugoldene Fläche, in der die unzähligen Mäusekötel wie Löcher aussahen. Die hatte sie herauszulesen, und zwar rasch. Der Mönch tippte auf seine Uhr.

Marisa unterdrückte ein Gähnen. Die vergangene Nacht war kurz gewesen, und nicht nur sie. In der letzten Woche hatten sie über ein Dutzend Shinto-Schreine besucht, mit Mönchen der Rinzai-, der Tendai- und der Soto-Sekte gesprochen, in versprengten christlichen Gemeinden an den Gottesdiensten und in der »Japanischen Muslim-Föderation« am Freitagsgebet teilgenommen. Zusammen mit den Vorträgen in den Oberschulen und Universitäten, manchmal zwei an einem Tag, und den feuchtfröhlichen Debatten bis tief in die Nacht war das alles sehr anstrengend gewesen, und so hatte Frau Tayô vom Kulturinstitut noch einen Aufenthalt in Kurokawa Onsen für sie eingeplant, nichts als heiße Quellen und Massagen.

Aber wie groß waren ihre Augen geworden, als David sie bat, stattdessen ein Zen-Kloster ausfindig zu machen, das Gäste an der täglichen Meditationspraxis teilnehmen ließ. Einen Moment lang vergaß sie völlig, dass er Religionswissenschaftler war. Warum wolle er sich unglücklich machen, fragte sie in ihrem etwas staksigen Deutsch; es sei ganz furchtbar bei diesen Mönchen. Kaum schlafen, kaum essen und den ganzen Tag auf einem harten Kissen hocken und die Wand anstarren – das täten nur Verrückte. Doch David blieb beharrlich, und seufzend klappte sie ihr Notebook auf, wählte ein paar Telefonnummern und fand so ein Kloster, keine Taxistunde entfernt. Die schöne Frau Tayô, die immer weiße Blusen trug und deren Stimme, sobald sie japanisch sprach, kaum mehr als ein lauteres Hauchen war, machte alles möglich, und noch am selben Tag ließ er ihr einen Rosenstrauß schicken.

Nachdem der Reis gereinigt war, legte Lew ein Messer vor sie hin und wies auf eine Schüssel Gemüse. Fein zerkleinern sollte sie alles, und zügig machte sie sich an die Arbeit, wie sie es gewohnt war. Doch wann immer sie dem Mönch das Brett mit den bunten Haufen hinschob, schnalzte er missbilligend und vollführte ein paar hackende Bewegungen mit der Hand. Die Lauchstücke sollten der Länge nach in feine Fäden, die Karottenwürfel klein wie Zündholzköpfe und die Ingwerscheiben durchsichtig dünn geschnitten werden, und das war wohl erzieherisch gemeint, eine

Übung in Achtsamkeit. Denn am Ende kippte er alles zum Reis in den Schnellkochtopf.

Das Toilettenhäuschen mit den dazugehörigen Duschen, von einer hohen Buchsbaumhecke umwachsen, stand am Rand des Gartens und hatte ebenfalls ein Pagodendach. Während das Frauen-WC einen leidlich sauberen, offenbar selten benutzten Eindruck machte, war das Männerklo unglaublich verdreckt. Die Holzbrille lehnte neben dem Topf an der Wand, Urinstein und auch Erdigeres sprenkelte die Kacheln bis in Bauchhöhe, und David kniete auf dem versifften Boden und kratzte mit einer Rasierklinge die Verkrustungen aus der Schüssel. Dabei stöhnte er leise.

Dass er in Frau Tayô mehr als einen guten und hilfreichen Geist sah, hatte bisher nichts verraten, nicht einmal eine betonte Sachlichkeit im Umgang mit ihr. Aber Marisa, deren Sinne geschärft waren durch seine Eskapaden mit der einen oder anderen Studentin – am Ende hatte sie noch stets darüber hinwegsehen können, weil sie über die Kraft ihres Mannes besser im Bild war als er –, fühlte sich plötzlich alarmiert von jenem Blumengruß. Die Mühen der Frau, einer brillanten Dolmetscherin, waren sicher nicht gering zu schätzen; sie hatte ihnen vieles erleichtert. Doch ein einfacher Dank sieht anders aus. Tulpen oder Pralinen hätten es auch getan, und sie musterte eine Weile Davids schulterlange Haare, das zunehmende Grau, ehe sie gegen den Türpfosten klopfte. Da schreckte er zusammen. »Wasch dir die Hände«, murmelte sie. »Das Essen ist fertig.«

Lew, der am Kopfende des Verandatisches saß, schöpfte ihnen die Holzschalen voll. Drei standen vor jedem: eine von der Größe einer französischen Milchkaffeetasse für den Reis, der viel zu lange gekocht hatte, eine mittelgroße für ein bräunliches Gemüse, Pilze wohl, und eine kleine, in der ein paar Tofubrocken lagen. In der Mitte des Tisches dampfte eine Kanne Tee. Freundlicherweise hatte man Gabeln neben ihre Stäbchen gelegt, und Reto bedeutete ihnen mit einer Handbewegung, noch zu warten; auch das Essen war hier ein Ritual. Tief verneigte man sich vor den Speisen, und Michele sprach ein kurzes Gebet.

Dann hoben alle gleichzeitig die Reisschalen an die Unterlippe und schaufelten sich schlürfend und schniefend die Hälfte ihres Inhalts in den Mund, wobei die Hitze niemanden zu stören schien. Die Gläser der Brillenträger beschlugen, und nachdem der ungewürzte Brei, ohne viel zu kauen, hinuntergeschlungen war, stellte man die Schale in die Reihe zurück. Auch das Gemüse und die Tofuwürfel, rasch in Sojasauce getunkt, wurden fast in Gänze verschluckt; man konnte das knorpelige Knacken in den Kehlen hören, und Marisa stöhnte leise. David hatte einen hochroten Kopf.

Zwischendurch fiel kein Wort. Die Hände flach auf der Tischplatte, die Blicke gesenkt, warteten die Mönche auf die langsamen Novizen, und kaum waren alle Portionen zur Hälfte gegessen, machte man sich an den Rest: wieder gleichzeitig Reis, Gemüse und Tofu, und Marisa bekam das Gefühl von etwas Kantigem im Bauch und schloss die Lider, damit der Schweiß ihr nicht in die Augen lief. Irgend jemand furzte, was aber keiner beachtete, und schließlich wurden die Schalen mit einem Schluck Tee gefüllt, den man so lange schwenkte, bis sie sauber waren. Man trank sie aus, stellte sie ineinander, legte die Servietten darüber, und die Mahlzeit war, nach nicht einmal zehn Minuten, beendet. »One hour break«, sagte Lew.

Während er und Nikolai Hand in Hand in das Schlafhaus am Ende der Schotterstraße gingen, setzten sich Reto und Michele in die Bibliothek, einem abendländisch anmutenden Raum voller Glasschränke und grün beschirmter Lampen, wo sie mit Tusche und Pinseln an einer Schriftrolle arbeiteten. David kramte sein Smartphone aus der Reisetasche und schlug einen Spaziergang vor. Ein schwarzer Storch stakste durch die Felder, und langsam gingen sie auf die Berghänge zu, an denen dicht an dicht die kugelförmigen Teesträucher wuchsen. »Mein Gott«, stöhnte Marisa und hielt sich den Bauch. »Hast du irgendwas von dem Zeug geschmeckt? Warum schlingen die nicht gleich die ganzen Holzschalen hinunter …«

Doch David, der gerade seine E-Mails durchsah, lächelte nicht. »Essen im Zen-Kloster, das ist nur Energiezufuhr«, sagte er in fast dozierendem Ton. »Man gönnt dem Körper gerade so viel, dass er den Anstrengungen der spirituellen Übungen gewachsen bleibt. Der wahre Mönch verspeist das Universum, verstehst du?« Dabei klopfte er ihr sanft auf den Hintern, eine Andeutung, die sie nur zu gut verstand. Im Hotelbad gab es eine Waage.

»Aber du hast natürlich recht«, fuhr er fort. »Diese Genussfeindlichkeit ist Krampf. Jede Religion hat ihren Paulus. Dabei war der historische Buddha ein Gourmet; er starb nach einer Portion Wildschweinbraten. – Wusstest du übrigens, dass die klassischen Krankheiten der Zen-Mönche Magengeschwüre und Hämorrhoiden sind? Den Grund für erstere haben wir gerade erfahren, und letztere werden wir uns wohl gleich zuziehen, beim stundenlangen Sitzen auf den harten Kissen. Die sind hier mit Kirschkernen gefüllt.«

Doch das stimmte nicht. Ihres jedenfalls war mit Kapok ausgestopft, die Fasern quollen aus den Nähten. Zudem gab es obskure Flecken auf dem schwarzen Bezug, und wieder juckte ihr alles. Sie durfte sich aber nicht kratzen; während der Meditation, dem *Zazen*, das mit einer Silberglocke eingeläutet wurde, sollte man absolut reglos bleiben. Das Gesicht zur Wand, den Nacken gestrafft, hockte man im Lotussitz auf niedrigen Podesten, wobei die Hände im Schoß lagen und die Daumenspitzen sich leicht berührten. Die Augen blieben geöffnet, die Lippen geschlossen, und nun hatte man tief atmend auf seine Haltung zu achten und in einer Art gedankenloser Geistesgegenwart zu ruhen – »like water in water«, wie Lew während seiner kurzen Unterweisung sagte.

Im Gegensatz zu den anderen, die vor weißen Wänden saßen, konnte Marisa durch eine Glastür ins Freie blicken, wo jenseits der hölzernen, den ganzen Tempel umlaufenden Veranda ein paar Steinlaternen standen und verschiedenfarbige Moose zwischen den Bäumen wuchsen, keine Blumen. In einem Rinnsal drehte sich ein Wasserrad aus Kork, hier und da krochen Eidechsen über die Wege, und eine violett schimmernde Libelle durchzuckte die Luft, um dann wie festgezaubert darin schweben zu bleiben.

Erneut biss sie die Zähne zusammen und verbarg so ein Gähnen. Lange hatten sie in der Bar des Kulturinstituts gesessen, bis weit nach Mitternacht, eine Abschiedsfeier mit endlosen Reden, faden Suppen und roh aus der Schale zu löffelnden Seeigeln. Und natürlich mit Alkohol, der hier offenbar weniger gut vertragen wurde als in Europa. Schon nach zwei, drei Whiskys unbändig lachend, kreischend fast, schmissen die Professoren einander die Brillen in die Biergläser, knoteten sich die Krawatten zusammen oder rutschten auf den Knien vor Frau Tayô herum. Einer küsste sogar ihre Schuhe, teure Highheels mit roten Sohlen.

»Wir sind ein Volk von Masochisten«, hatte die ihr ins Ohr geflüstert und es doch genossen. Ende zwanzig war sie, und in dem Alter lebten die meisten Japanerinnen längst in winzigen Häusern am Stadtrand, wo sie die üblichen zwei Kinder für irgendwelche Eliteschulen trimmten, während ihre Männer, in der Regel vierzehn bis sechzehn Stunden im Dienst, nur noch zum Schlafen heimkamen; fast alle hatten Geliebte. Frau Tayô, die stets so zart gewebte Strümpfe trug, dass man sie erst auf den zweiten Blick als Netzstrümpfe erkannte, war jedoch nicht verheiratet. Frau Tayô wartete.

Regen, ein leises Geriesel, schraffierte die Stille. Obwohl vermutlich sehr alt, reichten die Gartenbäume kaum bis zur Traufe des Tempels. Die oft stark geneigten oder verdrehten Stämme sahen aus, als walte auch in ihnen eine Lust an der Zucht, an Selbstüberwindung. Ihre armdicken Äste bogen sich nach einem kurzen Aufschwung wieder zum Boden, und sogar in den nassen Blättern glaubte Marisa die zurückgestaute Kraft zu erkennen. Denn obwohl der Wind stärker geworden war – er zerwühlte das Unkraut am Rand des Gartens –, rührten sich ihre Spitzen kaum.

Das Kinn erhoben, die flache Ledermappe mit den Terminen des Tages unterm Arm, hatte Frau Tayô jeden Morgen vor derselben Säule in der Hotelhalle gestanden, eine elegante Erscheinung in ihren blauen Kostümen, das ließ sich nicht leugnen, und traten sie dann aus dem Lift, ruhte ihr Blick immer einen winzigen Moment länger auf David als auf Marisa. Möglicherweise war ihr das nicht bewusst, aber in den Augen der Japanerin gab es diese samtene Nachsicht, mit der eine Frau den Mann ansieht, der in näheren Betracht kommt und dem sie demnächst einmal die richtige Garderobe beizubringen gedenkt, das passende Accessoire. Sie selbst, als sie noch Wissenschaftliche Assistentin an der FU gewesen war, hatte ihn oft so angesehen.

Mit einem Knochen, gut ellenlang, schlug Lew auf eine hohle Holzkugel, rasch aufeinanderfolgende, immer lauter werdende Töne. Ungefähr jede Stunde hatte man sich zu erheben und vom Podest zu treten zum sogenannten *Kinhin*. Das war eine Meditation im Gehen, bei der man die rechte Hand um die linke Faust legte, die Unterarme waagerecht vor der Brust hielt und den jeweils vorgestellten Fuß ganz langsam von der Ferse zu den Zehen abrollte. Auch dabei wurde tief ein- und lange ausgeatmet, und waren die vier Wände auf diese Weise abgeschritten, fühlten sich die schmerzenden Beine erfrischt an, und man sank wieder in den Lotussitz.

Es regnete heftiger, das Licht veränderte sich. In den Reisfeldern begannen Frösche zu quaken, und sie musterte eine Weile ihre Silhouette in der Scheibe. Es stimmte, sie war schon schlanker gewesen, straffer auch; in der letzten Zeit hatte sich kaum noch jemand zu ihren Gunsten verschätzt, das Alter betreffend. Frau Tayô dagegen, obwohl nur wenig kleiner als sie, strahlte manchmal etwas Mädchenhaftes aus. Die Stirn glatt, die Augen immer klar, hatte sie markante Jochbeine, sanft eingefallene Wangen und nicht den

Hauch eines Härchens im Gesicht. Aber ihre servile Scheu, die den Professoren so gefiel, war nur eine vorgetäuschte, und ihr Schweigen konnte messerscharf sein. Sie hatte über Robert Musil promoviert, über den Begriff der Dummheit in den späten Essays.

Die Zeit zog sich, die Luft im Raum wurde schal. David atmete auf jene Art, die ihr verriet, dass er gleich einschlafen würde, und auch sie schloss kurz einmal die Lider. Doch das schien Lew, der auf einem höheren Podest im Rücken der Meditierenden saß, nicht zu entgehen. Er klatschte in die Hände und mahnte mehr Konzentration und eine innigere Körperspannung an, und einen Moment lang glaubte sie, die Schwingungen seiner Stimme im Nacken zu spüren. Und als plötzlich ein Feuerzeug klickte und das belebende Aroma eines Räucherstäbchens zu ihr herüberwehte, musste sie an Tokio denken, an den jungen Gärtner im Ueno-Park.

In rührendem Englisch hatte er ihr ein Kompliment über ihre blonden Haare gemacht und war dann, eine Zähluhr in der Faust, zum Seeufer hinuntergegangen. Unmengen von Wasserlilien wuchsen dort, blaue Gebilde auf hüfthohem Stiel, weit die Blütenblätter spreizend, und ihr Duft, der von den glitzernden Tropfen an den Stempeln herrühren mochte, versetzte den ganzen Park in die Schwebe. Die Süße lief ihr im Mund zusammen, und sie drängte sich an ihren Mann, der den Gärtner beim Zählen der Lilien filmte; ihr Hotel war ganz in der Nähe. Aber David hatte plötzlich Lust auf ein deutsches Bier. Es gab einen kleinen Paulaner-Stand.

Und Frau Tayô bekam Rosen. Dabei war die doch einfach nur gewieft. Fast immer freundlich, immer lächelnd, blieb sie bei allen Gruppenaufnahmen feierlich ernst – was sie sogleich zur augenfälligsten Erscheinung auf den Fotos machte. Die edel konturierten Lippen brauchten keine Schminke, das Haar noch keine Tönung, sie würde wahrscheinlich niemals dick werden, und jede ihrer Gesten war von so präziser Luftigkeit, dass man sich neben ihr fühlte wie ein Wesen mit Hufen. Und das sollte auch so sein. Ihre Miene jedenfalls, besonders wenn sich ihre Blicke während der Veranstaltungen scheinbar zufällig getroffen hatten, war ihr mehr als einmal nachsichtig oder gar mitleidig vorgekommen, als dächte sie: »Was kannst du schon machen? Wie willst du diesen Perlglanz kriegen? Kümmere dich nicht um meine tausend Schönheiten täglich. Beachte sie gar nicht. Sie meinen nicht dich.«

Und wieder *Kinhin*. In der Reisetasche im Vorraum klingelte das Telefon, doch David schien ihren Blick nicht zu bemerken. Und wieder in den Lotussitz. Matte Lichter gingen an in dem abendlichen Garten, Energiesparlampen, die in den Steinlaternen steckten, und als Lew noch einmal aufstand, um ihre Haltung zu korrigieren – er drückte ihr ein Knie ins Kreuz und zog die Schultern zurück –, stöhnte sie auf. Mittlerweile schmerzte jedes Gelenk, und erneut fiel ihr die Stunde des Abschieds ein, die scheinbar beiläufige und darum nur giftiger nachklingende Erkundigung der Japanerin.

Man hatte Visitenkarten und kleine Präsente getauscht und ein letztes Glas Champagner an der Hotelbar getrunken, und natürlich war der sonst so taktvollen und stilsicheren Frau Tayô die Ungehörigkeit ihrer Neugier bewusst gewesen. Aber darauf kam es wohl nicht mehr an. Ihre Milde voraussetzend, hatte sie sich lächelnd in der Naivität einer Kulturfremden versteckt, und Marisa war einmal mehr über sich selbst verärgert gewesen. Immer noch, wenn diese Frage auftauchte, wurde sie verlegen wie ein Mädchen und möglicherweise sogar rot. Immer noch zitterten dann die Lider. Warum sie eigentlich keine Kinder hätten …

Ein Schatten huschte durch den Raum, und sie fuhr zusammen, sah sich um. Gegen die Glastür im Nebenzimmer, dem Büro des Roshi, war ein krähenartiger Vogel geflogen, ein Jäger ohne Glück, wie es schien. Das nasse Gefieder zerzaust, hüpfte er mit deutlich verärgertem Krächzen von der Veranda in den Garten; ein Flügel schleifte über das Moos. Doch die Mönche waren reglos geblieben, keiner hatte auch nur eine Wimper gerührt, und sie atmete tief, senkte den Blick und setzte sich wieder in die korrekte Haltung.

Neben den Knieschmerzen hatte sie nun auch noch Hunger, wie immer um diese Zeit, ihr Magen knurrte peinlich laut. Und doch: Der Ernst der Meditierenden, ihre vor Konzentration oder Andacht fast finsteren Gesichter, die den Eindruck vermittelten, hier würde mit aller Kraft und Entschiedenheit am wahrhaftigsten Augenblick des Tages gearbeitet, ließen schon den Wunsch, das Ganze abzubrechen und aus dem Raum zu humpeln, armselig erscheinen. Es wäre etwas für immer Falsches, dachte sie – und wunderte sich zugleich über diesen Gedanken.

Eine weitere Stunde verging, und es kühlte nicht ab. Die Glastüren beschlugen, der Hosenstoff wurde nass im Schritt, und um sich abzulenken von allen Misslichkeiten, begann sie, ihre Atemzüge zu zählen, was ihr ohne Fehler höchstens bis zum fünften oder sechsten gelang. Und möglicherweise schlief sie dann doch einmal ein. Denn als Lew plötzlich auf die Silberglocke schlug und damit das *Zazen* beendete, kam ihr der unendlich zarte, lange nicht enden wollende Ton wie etwas Lebendiges vor, wie die Seele jener Libelle, festgezaubert in der Luft.

Rasch erhoben sich die Mönche, verneigten sich voreinander und gingen aus dem Raum. David dagegen, eine Hand auf den Lendenwirbeln, das Gesicht verzerrt, ächzte leise und fand nur mit Mühe von seinem Kissen, und auch Marisa musste sich an der Wand festhalten, bis das taube Gefühl in den Beinen vorüber war. Sie folgte den anderen in die Küche, wo allerdings nichts gekocht wurde, nicht einmal eine Suppe. Michele zog die große Plastikdose vom Regal und reichte jedem einen Keks, und Nikolai zerteilte einen Apfel in sechs Stücke. Man aß wortlos im Stehen und trank ein Glas sehr süßen, aus Sirup bereiteten Saft dazu. Und das war das Abendbrot.

Nun folgte die Verehrung der Toten. Lew hüllte sich in ein langes schwarzes Gewand, setzte eine goldbestickte Kappe auf, und alle schlüpften in ihre Sandalen. Nach wie vor regnete es stark, doch niemand zog einen Schirm aus der Milchkanne neben der Tür. Einer hinter dem anderen gingen sie zwischen den Reisfeldern, wo es zu brodeln schien vor quakenden Fröschen, in das nahe gelegene Dorf, eine Handvoll kastenförmiger, hier und da noch rissiger, meistens aber schon wieder ausgebesserter Häuser. Vor allen Fenstern Läden, und die vereinzelten Laternen, an Kabeln hoch über der Straße hängend, schwankten im Wind.

Die Flip-Flops schaufelten den Marschierenden das warme Pfützenwasser in die Kniekehlen, und Reto, der am Ende ihres Zuges ging, schlug hin und wieder Klötze aus poliertem Hartholz zusammen, was einen streng klingenden, Achtung gebietenden Ton ergab. Eine junge Familie, soeben aus ihrem Van gestiegen, blieb ehrfürchtig am Bordstein stehen: Die Eltern stellten die Einkaufstüten und die beiden Kinder ihre grellbunten Schultaschen auf die Straße, und alle legten die Hände an die Oberschenkel und verneigten sich so lange, bis die Prozession vorüber war. Unwillkürlich nickte Marisa ihnen zu.

Hinter großen Silos am Ausgang des Dorfes stand ein weiterer Tempel, efeubewachsen, und Lew schob die Tür auf und knipste eine Papierlampe an. Der annähernd quadratische, bis in die Spitze des Pagodendachs hinaufreichende Raum war voll filigraner Wandschnitzereien, ganz in Rot und Gold gehalten. Drei Öllampen flackerten vor einer Buddha-Statue, und nachdem Michele ein paar tote Fliegen von der Altardecke gewischt und ein Bündel Räucherstäbchen angezündet hatte, stellte man sich in einem Halbkreis auf und faltete die Hände vor der Brust.

Die Augen geschlossen, die Stimme betont tief, stimmte Lew nun Litaneien an in einer Sprache, die Marisa trotz ihrer Kurse bis in die Melodie hinein fremd blieb, Altjapanisch wohl. Der Antwortgesang, von allen rezitiert, mündete stets in sogenannten Niederwerfungen, ein Ausdruck, den sie aus Davids Büchern kannte und der hier mehr als wörtlich genommen wurde: Nach jeder Strophe fiel man blitzartig auf die Knie, wobei der Boden krachte wie in einer Judohalle, und drückte Stirn und Handrücken auf die Matten. Um drei Sekunden später, nach barschem Befehl des Vorbeters, ähnlich blitzartig wieder aufzustehen.

Dass David mit seinen mehr als fünfzig und sie mit ihren achtunddreißig Jahren das nicht halbwegs so schnell zuwege bringen würden, war klar; dennoch bemühten sie sich redlich – was aber nur zu albernen Rhythmusverschiebungen führte. Ihre Stirnen hatten den Boden noch nicht berührt, da standen die anderen schon wieder auf den Füßen und sangen weiter, und kaum hatten sie sich hochgerappelt und die Hände vor der Brust gefaltet, sanken die Mönche auf die Knie. Fast sah es aus, als hätten sie Freude an ihrer überlegenen Gelenkigkeit, und schließlich blieben die Novizen einfach stehen. Während David die Lippen bewegte, als würde er beten, steckte Marisa sich die Haare fest.

Dabei zitterten ihre Finger. In den Wassertropfen, die ihr über den Mund liefen, konnte sie Reste der Wimperntusche schmecken und kurz darauf das Salz der Tränen ... Was bedeutete sie ihrem Mann eigentlich noch? Wann hatten sie das letzte Mal miteinander geschlafen? Dieses Kind-Thema überhaupt anzusprechen war natürlich der finale, der tief böse gemeinte Stich der Japanerin gewesen, jetzt, wo sie einander frühestens nach Jahresfrist wiedersehen würden, im Kongresszentrum in Berlin. Und dass David ihr die Antwort abgenommen hatte, empfand sie als zusätzliche Kränkung, auch wenn sein freundliches, gewissermaßen mit weichen Flicken an den Ellbogen geäußertes »Es hat sich halt noch nicht ergeben« als vorsorgliche Schadensbegrenzung gemeint war. Denn natürlich hatte er ihre wehe Empörung gespürt ... Und er wusste, sie konnte zurückschlagen.

Als die Andacht zu Ende war, riss sie ein Papiertuch aus einer Box an der Wand und putzte sich die Nase – im Grunde eine Unhöflichkeit, aber schließlich gab es hier keinen Japaner. In den Bergen war das Pfeifen eines Zuges zu hören. Der Wind hatte nachgelassen, doch immer noch regnete es, und Lew schloss die Tür hinter sich und sagte: »Crappy weather, I'm sorry for that.« Er legte ihr eine Hand auf die Schulter, ein fester Griff, und blickte sie durchdringend an. »But the God can't wait, is'nt it?« Dann zwinkerte er, was irgendwie spitzbübisch aussah, und sie musste lächeln.

Auf dem Rückweg war die Straße plötzlich übersät von Fröschen, die langsam von einem Reisfeld zum anderen wechselten. Die vielen Augen und glitschigen Rücken funkelten im Laternenlicht, und die Mönche unterbrachen ihren Gleichschritt und staksten spreizbeinig oder nur mit den Zehen auftretend zwischen den erstaunlich fetten Tieren herum. Manchmal bückten sie sich auch und schoben sie sanft beiseite, und als Marisa dabei ein junger Frosch auf den Fuß sprang und gleich wieder abglitt – er fiel wie ein Spielzeugtier auf den Rücken –, schrie sie vor Schreck, ein vergnügter Laut. Doch David, schon unter dem Vordach des Tempels, wo er sich die Brille mit einem Geschirrtuch putzte, runzelte die Brauen.

Ihr Anzug war völlig durchnässt; unauffällig zupfte sie den Stoff über dem Busen locker. Es gab nur ein Schlafhaus für Männer; die wenigen Frauen, die in das Kloster kamen, mussten im Haupttempel übernachten, auf einer Futon-Matratze im Büro. Nikolai zeigte ihr, wo überall Feuerlöscher hingen, wo sich

der Sicherungskasten befand und wie man die gläserne Vitrine auf dem Sekretär des Roshi öffnete. Ein
puppengroßer Bodhisattva aus dem zwölften Jahrhundert stand darin, eine gesichtslose Skulptur aus
poröser Lava, und sollte bei einem Erdbeben mit ins
Freie genommen werden. Dann wünschte er eine gute
Nacht und folgte den anderen ins Schlafhaus; dabei
rauchte er eine Zigarette aus der hohlen Hand.
Im Garten, offenbar von einer Zeituhr reguliert, erloschen die Lichter. Auch David schulterte seine Tasche, und als sie ihn fragte, ob noch irgend etwas zu
essen darin sei, Schokolade oder wenigstens ein Kau-
gummi, schüttelte er den Kopf, was beinahe mitleidig
aussah. »Übermorgen sind wir ja wieder im Hotel«,
sagte er, küsste ihr die Stirn und trat in den Regen.
Erneut klingelte das Handy, ohne dass er es beachtete, und sie hatte fast schon die Tür geschlossen, da
drehte er sich noch mal um. »Ach, übrigens ... Weißt
du, warum man in der Antike manche Frauen in Tem-
peln schlafen ließ?«
»Nein«, rief sie verärgert, nicht nur über seinen Ton.
»Keine Ahnung. Aber ich vermute, weil sie abnehmen
sollten?«
Die dünne, mit irgendeiner Pergamentart bespannte
Tür schepperte im Rahmen. Sie schob den Riegel vor
und trug ihren Schalenkoffer in das Büro. Obwohl
keine einzige Lampe brannte, war es nicht wirklich
dunkel in den Räumen. Auf den polierten oder lackierten Gegenständen jedenfalls lag ein silbriger,

vielleicht aus einem fernen Ort kommender, von den Reisfeldern weitergetragener Schimmer, und sie zog die Kleider und die nasse Wäsche aus, hängte alles auf eine Leine unter dem Vordach und ging in die Küche, wo es nach dem Pilzgemüse roch, ein wohltuender Duft. Sie machte kein Licht.

An dem Griff des alten Kühlschranks ziehend, glaubte sie eine Schrecksekunde lang, etwas über die Fensterbank huschen zu sehen; gleich darauf hörte sie ein Scharren unter der Spüle. Die Tür, an der ein paar Merk- oder Einkaufszettel hingen – wie in vielen Küchen Europas auch, wurden sie von kleinen Magneten gehalten, die freilich nicht die Form von Brezeln oder Würsten hatten; hier hafteten Sushi-Attrappen –, die Tür war abgeschlossen, und leise fluchend stieg sie auf einen Hocker, um an die Regalleiste unter der Decke zu kommen. Zwei Kekse befanden sich noch in der Dose.

Sie stellte sie wieder zurück und trank eine Schale Leitungswasser. Dann wusch sie sich, und nachdem sie die gläserne, auf den Garten hinausgehende Tür im Büro des Roshi zugeschoben hatte – das vielstimmige Unken in den Feldern war nun kaum noch zu hören –, musterte sie erneut ihr Spiegelbild. Bis auf die Innenseiten ihrer Oberschenkel und den Bauch, die kleine Fettfalte über der Narbe, war sie eigentlich ganz zufrieden mit sich. Sie hatte eine passable Haltung, volle, der Schwerkraft immer noch tapfer widerstehende Brüste, eine schmale Taille und Hüften, die vielleicht etwas magerer sein könnten; melodischer aber fand sie's so. Und ihr Hintern war genau richtig, eigentlich sogar sexy, und sie ging noch einmal in die Küche und aß die beiden Kekse auf. Sie schlang sie hinunter. Dann stellte sie ihren Wecker – das morgendliche *Zazen* begann um vier – und streckte sich auf dem Futon aus.

Immer noch war es so schwül, dass sie sich Davids Sweatshirt, gewöhnlich ihr Nachthemd, nur auf den Körper legte. Unzählige Motten hatten die Seidenbespannung der Zimmerdecke zerfressen, eine Galaxie aus Löchern, und plötzlich hörte sie Geräusche, ein Klopfen irgendwo, und setzte sich wieder auf. Es klang, als würde jemand mit dem Knochen auf die hohle Holzkugel schlagen, zaghaft erst, dann immer rascher. Aber im Meditationsraum, das war durch die offene Bürotür zu sehen, befand sich niemand; Wind bewegte das Schilf am Gartenteich, Schatten schoben sich in Schatten. Und doch glaubte sie, das leise Knacken der Tatamimatten zu hören. Ihr Puls schlug in der Kehle, sie kriegte keine Luft, und schließlich stand sie auf und trat hinaus, um sich vom Regen, seinem Rauschen, und dem Quaken der Frösche beruhigen zu lassen.

Auch auf der Veranda war es nur wenig kühler geworden, und sie lehnte sich an einen Pfeiler, schmiegte die Wange an das Holz. Eine Zigarette hätte sie gern geraucht, doch der Tabak lag nicht mehr auf dem Esstisch, und sie musste daran denken, wie viele missgebildete Tiere es gegeben hatte während ihrer Prozession vorhin, einäugige, dreibeinige oder mit seltsamen Auswüchsen bedeckte. Manche hatten auch Wunden gehabt, wie von Krallen, und trotzdem schleimige Schleppen aus Eiern hinter sich hergezogen, und in dem Moment, in dem sie noch rätselte, ob es herabprasselndes Wasser war, das dort draußen im Lichtstrahl einer Fahrradlampe glänzte, oder das Gestrichel der Reispflanzen, sah sie ihn über die Veranda kommen.

Seine schwarz gespiegelte Silhouette, von den Segmenten der Glastüren zerteilt, schien ihm einen Schritt vorauszueilen. Er trug keine Sandalen, die nassen Füße patschten auf den Dielen, und atemlos, keuchend fast, wischte er sich die Haarsträhnen aus den Augen und starrte sie an. Es war ein erstaunter Blick, wie früher nach längerer Abwesenheit, und sie stemmte die Hände an die Hüften und biss sich innen auf die Lippe, um nicht zu lächeln. Der Anzug klebte an seinem Körper, und eine Naht riss, als er versuchte, sich aus der Jacke zu schälen. Auch die Hose war so klatschnass, dass sie ihm den Stoff, unter dem sich alles abzeichnete, von den Hüften rollen musste. Er zitterte ein wenig, er schmeckte nach dem süßen Regen, und dann war er auch schon über ihr. »Geht es?«, fragte er heiser. »Tu ich dir weh?«

»Ja«, sagte sie, »nein«, und sank auf das Futon. Es gab keine Vorhänge an den Türen, und deutlich war zu erkennen, wo jener Vogel dagegen geprallt war;

nicht nur das hauchgraue Abbild seiner gespreizten Flügel, auch der krumme Schnabel und das aufgerissene Auge schimmerten an der Scheibe. Die Arme fest um Davids Nacken, schloss sie die Lider. »So komm doch«, flüsterte sie und krallte die Nägel in seine Schultern. »Komm schnell! Der Gott kann nicht warten.«

Sterne tief unten

In den Büchern des Klinikums am Westkreuz wurde er als »Hilfskraft« geführt, ein kahlköpfiger Saarländer, der nicht viel sprach und selten lächelte. Etwa Mitte oder Ende dreißig, lebte Onkel Gabi allein in einem der Hochhäuser am Kanal, in denen es billige Personalwohnungen gab, und obwohl der große Mann nicht selten die Blicke auf sich zog – wie bei vielen Menschen mit blatternnarbigen Wangen waren seine Augen besonders schön und klar –, hatte ihn bisher niemand mit einer Frau oder einem Freund gesehen. Im vergangenen Sommer pflegte er eine zugelaufene Hündin, eine humpelnde Promenadenmischung, die aber bald starb.

Manchmal hockte er eine Stunde im »Kegler-Eck«, wo er zwei Bier trank und ein paar Münzen an den Automaten verspielte. Hatte er Glück, steckte er den Gewinn in sein Sparfach neben der Theke, und wer ihn dabei in eine Unterhaltung ziehen wollte, musste schon Langmut zeigen. Denn Onkel Gabi antwortete stets einsilbig und brachte auch nach einem spendierten Schnaps kaum mehr über die Lippen als »Glaub nicht«, »Schon möglich« oder »Schönes Wetter«. Dabei kratzte er sich unablässig an der linken

Daumenwurzel, wo es eine kleine Tätowierung gab, drei schwarzblaue Punkte.

Die meisten Frauen in der Klinikküche hielten ihn für einfältig, was wohl nicht nur falsch war, denn während ihrer Montagswitze, bei denen sie lauter kreischten als die Knochensäge, oder nach gewissen Anspielungen, seine Körpergröße betreffend, wusste er oft nicht, wohin mit dem Blick, und sah vor Scham fast dümmlich aus. Sie waren es auch, die ihm den seltsamen Namen gegeben hatten, der dann von allen verwendet wurde, sogar vom Oberpfleger, dem Personalchef. Sicher spielte das »Onkel« auf seine Gutmütigkeit an, und in »Gabi« klang womöglich der Verdacht mit, dass seine Immunität gegenüber weiblichen Reizen homosexuelle Gründe haben könnte. Doch hieß er in Wahrheit Oswald Gabriel.

Es gab drei Küchen in dem Klinikum, eine für Normal-, eine für Schon- und eine für Diabetiker-Kost, und wenn er frühmorgens kam, fegte er zuerst die Kakerlaken zusammen und schaufelte sie zu den Essensresten vom Vortag. Die standen in Kübeln auf dem Hof und wurden später von einer Schweinemästerei abgeholt. Dann zog er seinen grauen Kittel an, stellte sich ans Fließband und half, die Tabletts für das Frühstück zu füllen; er spachtelte Frischkäse in die Schälchen, zählte Brot- und Wurstscheiben ab oder kleckste Marmelade neben die Butter. Später fand man ihn auf den Speichern oder in den Kühlhäusern, wo er Reis- oder Nudelsäcke, Eimer voller Gewürzgurken oder gefrorene Fleischblöcke im Verbund bis unter die Decke stapelte. Und am Ende des Tages, wenn alle Lieferungen abgearbeitet waren und das Geschirr in den Waschtunneln klirrte, kratzte er Angebackenes oder Verkohltes aus den riesigen Töpfen und spritzte sie mit dem Dampfstrahler blank. Es war an einem Freitag, als ihm dabei jemand auf die Schulter tippte.

Nach dem Lärm in der Halle fühlte man immer einen leichten Schwindel, trat man in den Klinikgarten. Die Sonne stand tief, und in der Abendstille war kaum mehr zu hören als das Knistern der Schweißbrenner am Nordrand des Geländes, wo die neue Pathologie entstand. Der Oberpfleger, wie stets im tadellos weißen Kittel mit eingesticktem Namenszug, bot ihm eine Zigarette an, und während Oswald seine freundlichen Fragen mit »Gut« und »Danke« und »Es geht« beantwortete, kam er dem Feuerzeugflämmchen etwas zu nah.

Rasch wischte er über die versengte Braue, und Herr Grothe, so hieß sein Chef, lachte. »Was sind das für Pranken! Mit dir möchte ich auch keinen Krach kriegen, Mann. Du würdest mich am ausgestreckten Arm verhungern lassen, oder? Wie viele Reissäcke kannst du noch mal tragen – gleichzeitig, meine ich?«

Oswald zuckte mit den Schultern. »Na, vier doch«, sagte er. »Die haben jetzt diese Griffe …«

Der andere rieb sich das Kinn. »Zwei Zentner also? In meiner Lehrzeit, als ich allein im Nachtdienst war, ist mir mal ein Patient aus dem Bett gefallen, der wog kaum die Hälfte. Und glaubst du, den hätte ich wieder hochgekriegt? Der liegt immer noch tot in meinem Gewissen.« Er stieß ihm den Ellbogen in die Seite. »Aber wie man mit Altlasten lebt, weißt du ja selbst ...«

Sie setzten sich auf eine Bank vor dem Goldfischteich. Das große Krankenhaus war fast eine kleine Stadt; es gehörte zur Universität, und von der gläsernen Augenambulanz über die elfstöckige, in ganz Europa berühmte Kinderklinik bis zum weiß verputzten Zahnmedizinischen Institut hatte jeder Fachbereich sein eigenes Gebäude, die Chirurgie sogar zwei. Alle waren unterirdisch miteinander verbunden durch ein Labyrinth mehr oder weniger breiter Tunnel, und wenn man an einem Lüftungsgitter stand, konnte man das Hupen der elektrischen Versorgungszüge hören. Auch die Kranken schob man dort unten zwischen den Kliniken herum, und der eine oder andere Arzt fuhr auf dem Rad zu seinem Kollegen, der um eine Konsultation gebeten hatte. Den meisten Schwestern freilich grauste es vor diesen Katakomben, weil angeblich Füchse darin lebten.

»Wir haben ein Problem«, sagte der Oberpfleger, Zigarette im Mundwinkel. Er wies auf die Kastanien am Horizont und fragte ihn, ob er schon einmal in der alten Pathologie gewesen sei.

Oswald schob die Unterlippe vor, stieß den Rauch aus und nickte. Ein flacher Bau mit einem Asbestdach, stand sie jenseits der Baracken der Gärtner in einer Senke, die schon nicht mehr zum Klinikbereich zu gehören schien; offenbar sollte den Patienten der Anblick von Särgen und Leichenwagen erspart bleiben. Hinter schmalen Fenstern aus Glasbausteinen befanden sich die Kühlräume und der Sektionssaal, in dem es drei große Tische aus altem, schon rosafarbenem Marmor gab, schartig an den Kanten, und eine Zeitlang hatte Oswald den Pathologen und ihren Assistenten dort unten das Essen gebracht.

Ein wenig unheimlich konnte es einem schon werden auf dem Weg in diese Morgue. Der lange Tunnel mit den moosigen Wänden war viel schmaler als die anderen und wurde nur von wenigen Glühbirnen erleuchtet. Kondenswasser tropfte von den winzigen Stalaktiten unter der Betondecke, leicht glitt man aus auf dem abschüssigen Estrich, und je mehr man sich der Stahltür näherte, auf die irgendein Witzbold *Paradies* gekratzt hatte, desto enger erschien einem der Schacht. Kaum vorstellbar, dass ein Krankenbett da hindurchkam. Und doch passierten täglich Dutzende die Tür.

Und das war das Problem. »Die Sektionsgehilfen arbeiten nicht mehr an den Wochenenden«, sagte der Oberpfleger. »Sind alle in der Gewerkschaft, diese Aasgeier. Und jetzt stauen sich die Betten in den Gängen. Letzten Sonntag standen sie bis zur Hauptkreuzung hier unterm Teich. Du kannst dir ja vorstellen, wie das aussieht, trotz der Laken.« Er zog an seiner

Zigarette. »Und wie es riecht ... Eau de kaputt. Und dann werden die lebenden Patienten da vorbei geschoben, weil sie zum Röntgen müssen oder ins Labor, und kriegen gleich noch einen Infarkt. Oder die Knirpse aus der Kinderklinik, die man zur Bestrahlung fährt ...«

Oswald schüttelte den Kopf. »Ja«, sagte er. »Das ist nicht schön.«

»Furchtbar ist das«, bekräftigte sein Chef. »Ein unhaltbarer Zustand. Aber bis die neue Pathologie mit ihren Förderbändern fertig wird, dauert es noch Wochen. Und da hab ich mir gedacht: Mensch, frag doch mal den Onkel Gabi. Der wohnt gleich gegenüber, hat keine familiären Verpflichtungen und kann mindestens vier Reissäcke tragen ... Was wiegt dagegen so eine Leiche, nicht wahr. Du hebst sie aus den Kissen, legst sie ins Kühlhaus und schiebst das leere Bett in den Sammelgang unter der Gyn.«

Einen Moment lang sagte Oswald nichts; er starrte auf den Goldfischteich, wo die eine oder andere Rückenflosse, kaum ragte sie aus dem schwarzgrünen Wasser, wie ein Flämmchen in der Abendsonne glühte. Dann schloss er die Augen und schluckte. »Das könnte ich schon machen, klar. Aber eigentlich ... Ich muss doch auch am Wochenende arbeiten«, murmelte er. »An jedem zweiten. Die Leute haben immer Hunger.«

»Na, umso besser! Dann bist du schon mal auf dem Gelände«, sagte der Oberpfleger. »Versteh mich richtig: Das alles dauert höchstens eine Stunde. Du beseitigst den Stau und gehst nach Hause. Die Zeit kannst du dir selbst aussuchen. Und natürlich machst du es nicht umsonst. Wir regeln's intern, so eine Art Leistungsprämie oder Schmutzzulage oder was. Ich meine, wie lange bist du jetzt bei uns? Wann hab ich dich eingestellt?«

Oswald nickte, kratzte sich die Daumenwurzel. So einfältig, dass er die Anspielung überhörte, war er nicht. »Gleich als ich rauskam, vor sieben Jahren«, antwortete er, trat seine Zigarette aus und warf den Stummel in den Abfallkorb neben der Bank. »Aber ich brauch ja nicht mehr Geld, Herr Grothe. Das können Sie schon mal sparen. Ich hab nur Angst, dass ich was falsch mache. Leichen tragen ... Die sind doch keine Gemüsekisten. Wie müssen die denn aufgebahrt werden? Mit gefalteten Händen, oder was? Und soll ich denen die Augen schließen?«

Der Oberpfleger winkte ab. »Um Gottes willen! Das überlassen wir dem Bestatter; der hat Klebstoff. Du nimmst sie, wie sie geliefert werden, und packst sie ins Kühlhaus, fertig. Aber sieh zu, dass sie auf dem Rücken liegen, sonst lacht dich am nächsten Tag ein Neger an.« Er reichte ihm einen Schlüssel. »Morgen geht's los; ich hab dir schon einen Arbeitskittel runterbringen lassen, einen weißen. Wenn du willst, sticken wir deinen Namen rein.« Dann warf er die Kippe in den Teich und schmunzelte, als er Oswalds Verwunderung sah, die erhobenen Brauen. »Aber natürlich, Kumpel.« Er klopfte ihm aufs Kreuz. »Du gehörst doch jetzt zum medizinischen Personal!«

Trotz der Schimmelflecken an den Wänden war der Geruch in der alten, kurz nach dem letzten Weltkrieg erbauten Pathologie nicht sehr speziell. Aber gerade weil er sich kaum von dem einer gewöhnlichen Fleischerei unterschied, blieb er auch nach dem flüchtigsten Aufenthalt sehr lange in der Nase. Die Verstorbenen wurden nicht, wie es heute in jedem zweiten Krimi zu sehen ist, in nummerierten Edelstahlboxen mit leichtgängigen Schubladen aufbewahrt. Man legte sie in Zinkblechwannen und schob die in rostige, aus alten Schienen zusammengeschweißte Regale, und öffnete jemand zum ersten Mal die Kühlkammern – es gab eine für männliche und eine für weibliche Leichen –, mochte er einen Lidschlag lang denken, in Schlafräume voller Etagenbetten zu blicken. Doch die Stille darin war natürlich eine andere, auch und gerade wenn die Aggregate brummten.
Die Morgensonne schien über dem Klinikpark, die Vögel sangen, und hier und da stand eine Rose derart voller Tau, dass sie – als könnte sie den Schatten des Vorübergehenden nicht auch noch tragen – sich ruckartig zur Seite neigte. Oswald, der trotz seines freien Tages schon um halb acht aufgestanden war, stieg durch das Treppenhaus der Notfall-Ambulanz in den Tunnel hinab, bog an der Hauptkreuzung nach

Süden und blinzelte in das spärliche Licht. Nicht viele waren gestorben in der Nacht, es gab kaum etwas zu tun; zwei Betten standen in dem engen Gang, leicht verkannntet, und ein eimerartiger Behälter mit einem verdorbenen Spenderherz. Man hatte die Laken so weit über die Gesichter der Toten gezogen, dass die Füße hervorschauten, und die Kärtchen mit den Personalien an den großen Zehen pendelten in der Zugluft, als er die Stahltür aufschloss.

In dem geräumigen Büro der Pathologen hing tatsächlich ein weißer Kittel für ihn, und Oswald streifte sich ein Paar Gummihandschuhe über und zog das erste Bett in den Vorraum. Eine Frau lag darin, eine zarte Greisin mit langem Haar, perlmuttfarben schimmernd; die Binde, die man ihr um Kinn und Kopf gewickelt hatte, verlieh dem Gesicht etwas Nonnenhaftes. Die spärlich bewimperten Augen geschlossen, schien sie zu lächeln auf eine gütige und auch souveräne Art, als hinge sie schönen Gedanken nach und hätte von nun an Verständnis für alles und jeden, sogar für ihren Tod. Unter dem Kehlkopf gab es ein Loch, durch das man die Luftröhre sah, und er arretierte die Räder, schob die Arme unter die Nackte und trug sie in den Kühlraum. Dabei gluckerte es leise in ihrem Bauch.

In dem anderen Bett lag ein sehr korpulenter Mann um die fünfzig, und die Zwei-Euro-Stücke, die man ihm auf die Augen gelegt hatte, fielen zu Boden, als Oswald ihn anhob. Er war schon erstarrt, die Knie knackten, gaben aber kaum nach, und die Spannung in seinen fetten, etwas abstehenden Armen wollte ihm wie etwas Lebendiges erscheinen, ein letzter Trotz. Vorsichtig trug er ihn in den Kühlraum, in dem das Licht nur flackerte, und wäre fast über eine Bierkiste gestürzt. Die stand gleich hinter der Schwelle, und nachdem er den Mann verstaut hatte, wischte er die beiden Münzen am Kittelärmel ab und legte sie auf seine Lider zurück.

Dann warf er die Handschuhe zum Müll, öffnete die Fenstertür und setzte sich auf die kleine Terrasse vor dem Büro. Die Armlehnen der weißen Plastiksessel waren verbrannt von den unzähligen Kippen, die die Sektionsgehilfen darauf ausgedrückt hatten. In glasierten Töpfen schossen Rosmarin und Petersilie ins Kraut, und vor einem Jägerzaun, an dem hier und da Latten fehlten, stand ein rostiger Grill. Dahinter erstreckte sich eine leicht ansteigende, von krummen Pfaden durchzogene Wiese voller Kastanien, und obwohl es viel Raum gab zwischen den schrundigen Stämmen, verzweigten sich die mächtigen Kronen so, dass nur vereinzelte Sonnenstrahlen bis zu dem Haus in ihrem Schatten fanden.

Es war eine alte, aus Holz und Natursteinen gebaute Villa mit einer bunt verglasten Veranda auf der Gartenseite. Das schiefergedeckte, dem Norden zu grüne Dach hatte einen kleinen Turm mit einer zeigerlosen Uhr, ein Stück der Regenrinne baumelte von der Traufe, und in den Rahmen der verstaubten Fenster, hinter denen man Bücherregale erkannte, bröckelte der Kitt. Aber vor dem Portal standen zwei neue Wagen, ein Mercedes Coupé und ein City-Jeep, und die Frau in dem weißen Morgenrock, die gerade auf die Veranda trat, wirkte sehr elegant. Ihr rotblondes, in Wellen auf die Schultern fallendes Haar war schon frisiert, die vollen Lippen geschminkt, und die Ringe an ihren Fingern blitzten, als sie in die Hände klatschte.

»Frühstück ist fertig!«, rief sie und meinte offenbar das Kind, das tiefer im Garten vor einem runden Steintisch saß. Die Brauen gerunzelt, die Zungenspitze zwischen den Lippen, schrieb oder zeichnete es irgend etwas und reagierte nicht oder nur mit einer unwilligen Miene. Neben seinem Ringbuch hockte eine schwarze Katze, starrte auf die Spitze des Bleistifts und streckte vorsichtig die Pfote danach aus, was den sommersprossigen, vielleicht acht oder neun Jahre alten Jungen aber kaum störte; sanft schob er sie mit dem Handrücken weg.

»Ich hab's gleich«, murmelte er und beugte sich tiefer über das Blatt. Er saß auf einem wackeligen Klappstuhl, die nackten Füße pendelten über dem Boden, und erst als seine Mutter mehrmals mit dem Löffel gegen eine Tasse schlug und ein hagerer Mann im Pyjama an die Verandabrüstung trat und leise mahnend »Vincent!« rief, schmiss er den Stift hin, und die Katze sprang vom Tisch. »Verdammt noch mal, ich war so gut im Fluss!«

Doch statt zu seinen Eltern zu gehen, kam er die Wiese herunter, quer durch Goldruten und Farn. Die Schienbeine zerkratzt, trug er eine knielange Hose mit Adidas-Streifen, und auf dem gelben T-Shirt stand in verwaschenen Buchstaben *Wow!* »Sind Sie Arzt?«, fragte er, wobei es nicht klar war, ob er lächelte oder das Gesicht verzog, weil ihm die Sonne in die Augen schien. Seine rotbraunen Haare waren sehr kurz geschnitten, und die Ohren standen beträchtlich ab. »Hätten Sie nicht gedacht, dass ich das errate, was? War aber nicht schwer. Die Männer, die sonst hier sitzen, sehen anders aus. Die sind nicht so groß und tragen Gummischürzen. Sie sind wahrscheinlich der Chef, oder?« Er lehnte sich an den Zaun und verschränkte die Arme vor der Brust. »Ich bin übrigens Schriftsteller, wie mein Vater. Mama singt.«

Oswald kraulte der Katze, die unter den Latten hindurchgeschlüpft war und schnurrend um seine Beine strich, den Rücken. »Schriftsteller?«, fragte er. »Donnerwetter, das ist mal ein Beruf! Was schreibst du denn?«

»Na, Gedichte. Damit muss man anfangen. Papa sagt immer, ich reime wie ein Weltmeister. Ist aber auch leicht: Schöne heiße weiße Scheiße.« Er wies mit dem Daumen hinter sich. »Wie finden Sie übrigens unser Haus? War gar nicht teuer, ein echter Fitsch. Da oben, das runde Dachfenster – ach nee, das heißt ja oval –, das ist mein Zimmer. Wir wohnen erst vier Wochen hier, doch ich kenne schon mehr Verstecke als meine Eltern. Es hat sogar eine Geheimtreppe!«

Oswald nickte. »Wie im Märchen, oder? Man könnte was draus machen.«

Der Junge rieb sich den Ellbogen. »Ja, das sagen viele. Aber wir bleiben nicht lange genug, leider. Wir werden es vermieten, mit allen Büchern. Im Herbst müssen wir nach Sydney, für zwei Jahre. Die Oper sieht wie ein Saurier aus. Stegosaurus-Polacanthus.« Er hob das Kinn und sagte in belehrendem Ton. »Sydney liegt in Australien, weißt du. Auf der anderen Seite der Erdkugel.«

»Ach so!« Oswald blickte auf die Uhr. »Wo die Sterne tief unter den Füßen leuchten, stimmt's? Da würde mir ganz schön schwindelig werden.«

Der Junge lachte, tippte sich an die Stirn. »Na, du bist 'ne Marke. Das muss ich mir merken. Willst du mit uns frühstücken? Komm, ich lad dich ein. Frau Millers Quarkspeisen sind echt super, und wenn keiner hinguckt, kriegen wir ein Käsebrot mit Marmelade.«

Doch Oswald bedankte sich, sprach von Arbeit und stand auf. Im Schatten wurden die grünen Augen des Kleinen braun, und er rieb sich etwas Spucke auf den Mückenstich am Ellbogen. »Ich hab noch Ferien. Aber ich muss trotzdem zur Klavierstunde«, sagte er und rümpfte die Nase. »Und zu der dicken Französisch-Lehrerin und zum Yoga. – Was ist das hier eigentlich? Ein Operationssaal?«

Der andere blickte in den Himmel. »Nein, nein. Operiert wird in der Chirurgie. Hier ist nur ein Lager.«

Dann trat er über die Schwelle, nickte ihm zu. »Also, Dichter, mach's gut!«

Weil aber die Katze versuchte, mit ihm in das Büro zu huschen, konnte er die Glastür nicht schließen; zwar drängte er sie mit dem Fuß zurück, sehr behutsam erst, doch gab sie nicht nach. Immer wieder versuchte sie über seinen Spann zu springen oder unter der Sohle hindurch zu gleiten, wobei sie klagend maunzte, und endlich bückte er sich, griff ihr ins Genick und reichte sie dem Jungen über den Zaun.

»Sie will ihr Fressen«, sagte der und barg sie in beiden Armen. »Die anderen geben ihr immer was.«

»Wieso?«, fragte Oswald. »Was geben sie ihr denn?«

»Keine Ahnung.« Er schmiegte seine Wange an das Fell und stolperte über die Wiese davon. »Fleisch wohl. Von ihren Broten.«

Am nächsten Tag, einem heißen Sonntag Ende August, kaufte Oswald sich am Klinik-Kiosk ein paar Brötchen, zwei Frikadellen und eine Literflasche Cola und ging ins Freibad, wo er einen Sonnenschirm mietete und in der Bild-Zeitung las, die er aus dem Papierkorb gezogen hatte. Einmal versuchte er, eine Runde zu schwimmen, doch das Becken war zu voll. Die kreischenden Kinder, Ertrinkende simulierend, klammerten sich ungeniert an den großen Mann und waren entzückt, wenn er sie mit gespieltem Monstergebrüll abschüttelte.

Nach dem Imbiss steckte er sich Brotkugeln in die Ohren und schlief gut eine Stunde lang, und als er aufwachte, war die Sonne gewandert, seine Beine lagen nicht mehr im Schatten. Doch hatte jemand ein Badetuch darüber gebreitet, ein goldbesticktes, und eine Frau, die in einem Liegestuhl saß und sich die Arme eincremte, lächelte ihn an. Eine Flasche Rotwein und ein paar Bücher ragten aus ihrer Sisaltasche.

Etwa in seinem Alter, hatte sie schwarze Haare, kleine, spitze Brüste und breite Hüften, wie er es mochte. Auch ihr Blick, das etwas Unsichere darin, gefiel ihm. Aber während er ihr das zusammengefaltete Tuch reichte, brachte er nicht mehr als »Besten Dank auch!« hervor. Dabei stammelte er ein wenig, und kaum sah sie die Punkte an seiner Daumenwurzel, war ihr Lächeln so, als hätte sie Eiswürfel hinter den Zähnen.

Eine Woche später, nachdem er gut ein Dutzend Tote in die Kühlräume gelegt hatte – auch Kinder dieses Mal, und ein junger, offenbar gerade verunglückter Mann hatte noch nach Rasierwasser gerochen –, setzte er sich wieder auf die Terrasse. Es war gegen drei Uhr am Nachmittag; über ihm, zwischen Wand und Traufe, schliefen Fledermäuse, eine lange Reihe, und er öffnete eine Flasche Pils aus dem Kasten der Sektionsgehilfen und blätterte in einem der Magazine, die stapelweise in ihrem Waschraum lagen.

In der Villa spielte jemand Klavier. Ein blumengeschmücktes Buffet stand auf der Veranda, und Mädchen in Schürzen räumten Dessertschalen von den weiß gedeckten Tischen im Garten. Überall leuchteten Weingläser und Champagnerkelche in der Sonne, auch im Gras, und während Oswald die Hochglanzseiten betrachtete, die Körper ohne jeden Pickel, die gespreizten Schenkel und edlen Gesichter, vor Sperma triefend, wurde im Haus applaudiert.

In der Stille danach klang die zarte Stimme näher, als sie sein konnte, und er hob den Kopf, beschirmte sich die Augen. Die kurze Hose des Jungen hatte eine Bügelfalte und war ähnlich grün wie die samtige Schleife an seiner Hemdbrust. »Was soll ich schon lesen«, sagte Oswald und rollte das Heft zusammen. »Medizinisches Zeug.« Er schob es in die Kitteltasche und trank einen Schluck Bier. »Und was machst du? Warum bist du denn nicht auf dem Fest? Gibt's keine schönen Mädchen?«

Der Kleine grinste. »Nee, bis jetzt nicht. Das ist nur für Erwachsene, ein Brunch. Mama hatte gestern Premiere, mit guten Kritiken und so, und dann wird immer gefeiert. Wie Frauen eben sind. Der Computer bleibt ausgeschaltet, die Spielkonsole wird weggesperrt, und in die Küche darf ich auch nicht. Ich soll mich mit den Leuten unterhalten, Konversation, verstehst du? Speak you English? Dabei würde ich viel lieber schreiben.«

Nach einem raschen Blick zum Haus schlüpfte er durch eine Lücke im Zaun und setzte sich zu Oswald in den Schatten. Auch die Senkel seiner Lackschuhe waren grün, und er rollte sich die Kniestrümpfe auf die Knöchel und kratzte über die Abdrücke der Säume. Dabei sog er die Luft durch die Zahnritzen ein. »Letzte Woche ist mir nämlich ein Gedicht eingefallen!«, sagte er. »Gleich nachdem wir uns getroffen hatten ... Ich glaub, du bringst mir Glück. Es handelt von einer Katze! Oder vielleicht von einer Maus; das ist noch offen. Adolf legt uns immer eine vor die Tür, oft auch mehrere. Ein echter Killer.«

»Die Katze heißt Adolf?«

Er nickte. »Papa hat sie so getauft, obwohl sie ein Weibchen ist. Sie war schon hier, als wir kamen. Für die angeknabberten Mäuse will sie immer gelobt und gestreichelt werden, voll eklig. Manchmal ist ein Ohr weg oder eine Pfote, aber bei der letzte Woche fehlte der Schwanz. Und da hatte ich plötzlich die ersten Verse. Willst du sie hören?«

»Klar«, sagte Oswald, öffnete die Schiebetür einen Spalt und warf das Heft ins Büro. »Schieß los.«

Vincent ruckelte auf seinem Stuhl herum und zog einen Zettel aus der Tasche. »Es ist aber nicht fertig, klar? Ich brauch noch einen Titel und überhaupt ... Der ganze Schluss fehlt. Doch das ist normal; man kann nicht immer inspiriert sein. Hör zu.«

Oswald stellte seine Bierflasche auf den Boden und verschränkte die Hände im Schoß. Im Haus setzte wieder Klaviermusik ein, melancholische Töne, und der Junge blickte auf das zerknitterte, aus einem

Ringbuch gerissene Blatt. »Es ist so eine Art Gespräch, weißt du. In Reimen. Ich frag was, und die Maus antwortet. Das gibt's natürlich nicht in Wirklichkeit, klar. Schon gar nicht, wenn sie tot ist. Aber im Gedicht kann man das machen.«

Einen Moment lang bewegte er stumm die Lippen, und schließlich drückte er den Rücken durch und deklamierte dunkel: »Maus, wo ist dein Schwanz?« Dann ließ er die Schultern sinken und piepste: »Ich verlor ihn wohl beim Tanz.« Die Musik im Haus wurde lauter, ein Cello fiel in das Klavierspiel ein, und erneut zog der Junge das Kinn an den Hals. »Maus«, fuhr er fast brummend fort, »Maus, sag mir, wo sind deine Ohren?« Und wieder im Diskant: »Welche Ohren? Auch verloren!« An der Unterlippe nagend, beugte er sich tiefer über das Blatt. »Und deine wunderzarten Krallen?« Er prustete leise, wurde aber gleich wieder ernst. »O je!«, sagte er weinerlich. »O jemine! Ich glaub, sie sind mir grad entfallen.«

Dann hob er den Kopf, und Oswald, grinsend, reckte einen Daumen aus der Faust. Da wurde der Junge vor Freude rot. »Cool, oder? Die Idee ist vielversprechend, meint Papa. Und die ist das Entscheidende, nicht wahr. Vielleicht lassen wir es ja vertonen, und es kommt in ein Liederbuch. Mit Mahler und so.«

Der andere hielt die Bierflasche gegen das Licht. »Das würde ich auch machen; es hat wirklich Pep. Und es ist spannend. Man möchte wissen, wie es weitergeht. Kriegt die Maus ihre Sachen denn wieder?«

Vincent starrte auf den Zettel. Dann fingerte er einen Bleistift aus der Hemdtasche, einen Stummel nur, und strich etwas durch. »Keine Ahnung«, murmelte er. »Ich find's ja auch zu kurz, aber im Moment hab ich eine Blockade. Hier steht noch ein Satz von Mama, warte mal. Die hat vielleicht eine Klaue. ›Maus, wo ist dein graues Fell?‹ Weißt du dafür einen Reim?«

Oswald zog die Mundwinkel herab. »Glaub kaum. Ich les ja nur Zeitungen und Illustrierte, da reimt sich höchstens die Werbung. Aber ich denk mal drüber nach, hab's im Kopf.« Dann zeigte er auf das Haus. Der Vater, der einen dunkelblauen Anzug trug und sich die Krawatte gelockert hatte, war vor die Veranda getreten und blickte über die Wiese. Er hielt eine Zigarre zwischen den Fingern. »Und jetzt geh mal wieder auf eure Party. Sieht aus, als wirst du gesucht.«

Vincent blieb sitzen. »Der Autor bin natürlich ich«, flüsterte er nach einem raschen Blick über die Schulter. »Mich kennt man. Aber wenn du mir helfen würdest, könnte ich es dir widmen. Dann stände mein Name oben und deiner unten: Für den lieben … Wie heißt du eigentlich?« Er faltete den Zettel zusammen, und kaum hatte es gehört, grunzte er spöttisch und glitt vom Stuhl. »Onkel was? Mensch, sind wir heute witzig! Echt zum Beömmeln. Ich krieg mich nicht ein. Gabi ist doch ein Frauenname!«

Der andere stand ebenfalls auf. »Ach so? Das hat mir auch noch keiner gesagt. Dann schreib eben: Für Tante Oswald. Wäre das ein Männername?«

Er zwinkerte, und Vincent, schon auf der anderen Zaunseite, lief lachend davon. Doch vor der Villa drehte er sich noch einmal um, zog die weißen Kniestrümpfe hoch und rief: »Soll ich dir was verraten? Ich bin froh, dass wir uns kennen. Du bist mein größter Freund!«

Der Vater legte den Kopf in den Nacken und blies etwas Rauch in die Luft. Es war ein schmaler, nahezu knochiger Mann mit bläulichen Bartschatten auf den Wangen und einer schlechten Haltung; der Rückensaum des Sakkos hing höher als die Schöße. »Und du gehst dir jetzt mal die Hände waschen«, sagte er, nickte dem Krankenhausangestellten zu und folgte seinem Jungen auf die Veranda. »Und zwar gründlich!«

Anfang der Woche setzte Oswald sich in die Straßenbahn und fuhr in die Innenstadt. Zwar gab es eine kleine Buchhandlung ganz in seiner Nähe, doch die zu betreten war ihm peinlich; dort hockten immer junge Mütter mit ihren Kindern, der Bilderbücher wegen, wie es schien. Aber ihre Blicke aus den Augenwinkeln meinten etwas anderes. Also ging er in einen der großen Läden in der Fußgängerzone, wo er in Ruhe stöbern konnte, ohne dass ihn jemand ansprach, und fand tatsächlich, was er suchte, eine herabgesetzte Taschenausgabe.

Er las darin, während er sich zum Zahlen anstellte, und so sah er die Frau an der Kasse zu spät. Es war die aus dem Freibad, und ihre feinen Armreifen klirrten leise, als sie sich eine Haarsträhne hinters Ohr strich. »Ach schau, mein Sonnenanbeter«, sagte sie, zog das Buch über den Scanner und betrachtete den Titel. »Ein Reimlexikon? Im Ernst? Wollen wir Liebesgedichte schreiben?« Da wusste er nicht, was er antworten sollte. Er schüttelte nur den Kopf und ließ, verwirrt vor Scham, das Wechselgeld liegen.

Herr Grothe hatte sein Versprechen gehalten; am nächsten Sonntag hing ein Kittel mit Namenszug in der Pathologie, und während er ihn zuknöpfte, blickte er über die Wiese. Zwei Möbelwagen mit Hamburger Kennzeichen parkten in der Einfahrt zur Villa, und ein Lastenaufzug lehnte am Balkon im ersten Stock. Männer in blauen Monturen hievten Sessel, Teppiche und Matratzen auf die Ladeflächen, und Vincents Mutter, die sich die Haare zu einem Pferdeschwanz gebunden hatte und einen Jogging-Anzug trug, lief mit einem Klemmbrett durch die Räume, einer Liste wohl, strich durch oder hakte ab und übte dabei Koloraturen. Ihr Mann stellte Gartenmöbel zusammen und breitete eine Plane darüber. Der Junge war nirgends zu sehen.
Es wurde nicht kühler in diesem September. Trotz der lamellenverkleideten Lüftungslöcher in den Wänden hatte sich auch in der Pathologie die Tageshitze gestaut. Das Kondenswasser tränte von den Fliesen, die

Abflüsse rochen faulig, und Oswald öffnete die Flügeltür zum Parkplatz, um etwas Durchzug zu schaffen, ehe er mit der Arbeit begann. Viele waren gestorben in der Nacht. Nicht nur in dem Gang vor der Pathologie stauten sich die Betten, auch auf den helleren Bahnen unter dem Klinikpark standen sie längs der Wände, so dass an manchen Stellen kaum noch Platz war für die Elektrokarren mit ihren Anhängern voller Essen, Wäsche oder grau gekleideter Putzkolonnen. Mehrfach, besonders in den Kurven, hatten sie die Matratzen gestreift und dabei die Tücher von den Leichen gerissen.

Oswald verstaute eine nach der anderen in den Kühlräumen und schob die leeren Betten zunächst ins Freie. Das dauerte fast zwei Stunden, und danach war ihm schwindelig vor Hunger; er trank etwas Milch und aß eine alte Brezel und einen Müsliriegel aus dem Brotschrank der Gehilfen. Dann ging er durch den Sektionsraum in den Vortragssaal und nahm sich ein paar der S-förmigen Haken vom Rand des großen, mit Armen, Beinen und verschiedenen Rumpfteilen gefüllten Beckens. Faserige Hautfetzen schwebten in dem Formalin.

Über dreißig Betten: Die Bezüge blendeten im späten Licht, und ein Hauch von Schatten lag in den Mulden, die auf den Kissen verblieben waren. Oswald verband jeweils vier Gestelle mit den Fleischhaken und zog sie durch die leicht ansteigenden Gänge in die Halle unter der Gynäkologie, einem riesigen Bunkergewölbe.

Hier wurden auch die Container mit schmutziger Wäsche gestapelt, der infektiöse und der normale Müll sortiert und die Elektrokarren geparkt, und nachdem er seine Arbeit getan hatte, streifte er die Handschuhe ab und spielte ein paar Minuten Fußball mit den Fahrern. Fürs Tor waren sein Reflexe zu langsam, doch die Verteidigung lag ihm recht gut.

Als er wieder in die Pathologie kam, stand bereits ein neues Bett vor der Tür, ein seitlich vergittertes aus der Kinderklinik. Unter dem Tuch lag ein blondes Mädchen um die sieben, am Herzen operiert, wie es schien; der Oberkörper war noch braun von der Desinfektionslösung. Viel dunklere Augenschatten als die erwachsenen Toten hatte es, sogar die Lider schimmerten graublau; doch das kam bei Kindern oft vor. Die Blässe des Gesichts dagegen schien auf eine geheimnisvolle Weise über seine Konturen hinauszureichen, und Oswald, der es ruhig und aufmerksam betrachtete, sah keine Spur von einem Kampf oder einem letzten großen Schmerz darin. Die Andeutung zweier senkrechter Falten über der Nasenwurzel verlieh ihm zwar einen verständnislosen oder auch missbilligenden Ausdruck, doch wurde der durch den Mund, sein vages Lächeln, wieder abgeschwächt. Man hatte die Brustwunde der Kleinen mit Metallklammern zugeheftet, ähnlich denen, die man auch in Büros verwendet, und als er sie anhob, fiel ihr langes Haar kühl über seinen Unterarm. Da schloss er einen Moment lang die Augen.

Irgendwo schrillte eine Klingel, ein melodischer Ton, und ein Schatten strich über die Fliesen. »Was hat sie?«, fragte Vincent, der plötzlich in der offenen Hoftür stand. Sein weißes T-Shirt war mit einem Fuchs bedruckt, und hinter ihm auf dem Parkplatz lag ein robustes Bike, dessen Räder sich noch drehten. »Ist sie ohnmächtig?«

Oswald schüttelte den Kopf. Damit er so wenig wie möglich sehen konnte von der Toten, kehrte er dem Jungen den Rücken zu und sagte leise über die Schulter: »Ach, da bist du! Hab schon auf dich gewartet ... Nein, sie schläft, muss sich erholen. Geh mal auf die Terrasse, ja? Ich leg sie nur rasch ins Bett.«

Doch Vincent blieb stehen; beide Hände in den Taschen seiner Kargohose, schob er den Oberkörper vor und blickte in den Gang. Dabei rümpfte er die Nase. »Das riecht aber komisch«, flüsterte er. »Als wenn unsere Katze gähnt. Die hat einen total schlechten Atem, jedenfalls nach dem Dosenfutter. Stimmt es, dass hier überall Leichen liegen?«

»Quatsch!«, erwiderte Oswald und drückte mit dem Ellbogen auf den Hebel der Kühlraumtür, hielt sie aber noch geschlossen. »Wer hat dir denn so was erzählt? Das ist eine normale Station. Die Kleine hier zum Beispiel, die wird morgen abgeholt. Sie ist geheilt. Und Tote kann man nicht entlassen, oder? Na los, wir sehn uns im Garten. Ich hab eine Überraschung für dich.«

Vincent öffnete den Mund, sagte aber nichts. Den

Blick auf die Zehen des Mädchens gerichtet, den beschrifteten Zettel, ging er langsam zu seinem Bike, dessen Vorderrad sich immer noch drehte. Die Speichen gleißten wie etwas Flüssiges in der Abendsonne, und Oswald wartete, bis er vom Parkplatz gefahren war. Erst dann zog er die Tür einen Spalt breit auf und zwängte sich mit der Kleinen in den Raum, legte sie in eine Wanne. Man konnte ihr Augenweiß zwischen den Lidrändern sehen, und nachdem er sie vorsichtig zugedrückt hatte, desinfizierte er sich die Hände und ging auf die Terrasse.

Beide Arme um die angezogenen Knie geschlungen, hockte Vincent auf einem der Plastikstühle und blickte über die dämmrige Wiese. Im Innern der Villa brannte schon Licht, und die Männer in den blauen Monturen, fast alle mit keilförmigen Schweißflecken auf dem Rücken, hievten soeben einen riesigen, ganz in grauen Filz gewickelten Konzertflügel in den Wagen.

»Wir reisen schon früher«, murmelte der Junge, als Oswald sich zu ihm setzte. »Mama hat Krach mit eurer Oper. Vertragsbruch. Wenn die loslegt, spielt sich eine Diva ab, sagt Papa immer. Noch zehn Tage Deutschlandtournee, und dann geht's in den Jumbo. Von Quantas, mit Kino und allem. Aber ich will gar nicht weg.«

Oswald verscheuchte eine Wespe, die sich dem bunten T-Shirt näherte. »Na, freu dich doch«, sagte er und kramte nach seinen Zigaretten. »Andere Kinder würden gern so viel in der Welt herumgondeln. Australien! Ist das nicht toll?«

Langsam schüttelte Vincent den Kopf. »Nein, es ist traurig. Keine zwei Monate sind wir hier, und in Mailand waren es auch nur sechs. Kaum hat man neue Freunde, muss man wieder fahren. Das macht mir richtige Bauchschmerzen, weißt du. Mit Fieber und allem. Und dann sagt Mama, ich soll mich nicht so anstellen, Reisen ist gut für meine künstlerische Entwicklung. Aber ich brauch gar keine. Ich will lieber in dem Haus da bleiben, mit unseren Büchern.« Grinsend sah er auf. »Und bei dir, bei meinem Riesen. Sie findet deinen Namen echt witzig, und Papa mag dich auch. Er sagt, du hast so lange Arme, du kannst dir die Knie im Stehen kratzen.« Er lächelte breit, beugte sich vor. »Stimmt das? Kannst du wirklich? Lass mal sehen, ja?«

Schwalben karriolten durch die Luft, das Schwirren der Flügel war zu hören, und Oswald drückte auf sein Feuerzeug und schwieg. Doch das Kind, die Augen groß, sprang vom Stuhl und klatschte in die Hände. »Ach, bitte, bitte! Zeig's mir!«

Der andere schüttelte kurz einmal den Kopf. Die Wagen waren voll, die Packer schlossen die Türen, und er blickte in den Himmel über den Bäumen, das violette Rot, stieß den Rauch durch die Nase und murmelte: »Lass gut sein, Vincent. Ich bin nicht euer Zirkusaffe.«

Das Lächeln des Jungen erlosch, das Gesicht wurde fahl, und zwei, drei Herzschläge lang stand er wie erstarrt; nur die Finger bewegten sich ein wenig, und die Nasenflügel zuckten. »Aber wieso denn … Ich dachte nur … Ich wollte dich nicht kränken, Onkel Gabi! Du bist ja mein bester Kumpel«, sagte er und trat nah an den Sitzenden heran, drehte nervös an den Kittelknöpfen. »Bist du doch, oder? Ich rede immer nur Quatsch, kannst alle fragen. Aber ich meine das nicht böse, Ehrenwort!«

Er schluckte mehrmals, die Augen wurden feucht, und Oswald hob eine Hand und wagte doch nicht, das Kind zu berühren. »Nun ja, ist nicht schlimm. Ist schon in Ordnung, Vincent. Wir sind nicht aus Zucker«, antwortete er und strich sich über den Nacken, blickte zum Haus. »Komm, setz dich hin. Ich bin dein Freund, klarer Fall. Dein Blutsbruder, wenn du willst. Aber setz dich wieder auf den Stuhl, ja? Am Ende denken die … Ich meine …«

Er ließ seine Zigarette fallen, griff in die Herztasche und hielt ein Stück Papier in die Höhe. »Schau her, ich hab dir auch was mitgebracht. Unser Gedicht ist fertig!«

Doch der Junge, dem Tränen vom Kinn tropften, beachtete es nicht. Er seufzte zittrig und wischte sich die Augen mit den Handballen aus. Dann ging er um den Stuhl herum, trat vorsichtig auf die Glut und steckte die Kippe ein. »Welches Gedicht?«

Oswald drehte an einem Schalter neben der Bürotür; eine insektenverklebte, von Spinnweben wie von Schleiern verhängte Lampe flackerte auf. »Ich hab's erst mal ›Maus-Blues‹ genannt«, sagte er. »Du kannst den Titel ja noch ändern.«

Die Arme vor der Brust verschränkt, sah ihn das Kind erwartungsvoll an, und er entfaltete das Blatt, setzte sich aufrechter hin und las mit gespielt dunkler Stimme: »Maus, wo ist dein Schwanz?« Um gleich darauf so hoch, wie es ihm möglich war, zu erwidern: »Ich verlor ihn wohl beim Tanz.« Und abermals dunkler, mit theatralisch gewölbten Brauen: »Maus, wo hast du deine Krallen? / Ach, sie sind mir abgefallen. / Und die Ohren? / Auch verloren. / Und die Nase? / Liegt im Grase. / Und dein helles Augenlicht? / Keine Ahnung, seh es nicht. / Maus, du hattest doch mal Zähne! / Na, nun hab ich eben keene. / Und wer hat dein graues Fell?«

Das Kind trat näher, wollte etwas sagen, doch Oswald hob eine Hand und schloss betrübt: »Man verliert es schnell, so schnell: / Plötzlich spürt man eine Tatze, / wird verschluckt und ist schon Katze.«

Der Junge, den Mund geöffnet, starrte einen Moment lang vor sich hin, wobei sein Blick etwas Traumverlorenes hatte; nur schwer schien er sich von den inneren Bildern lösen zu können. Im Haus wurden die Fenster geschlossen, ein Möbelauto rollte aus der Einfahrt, und er ignorierte das Rufen seiner Mutter und bewegte die Lippen, als wiederholte er das Gedicht noch einmal still. Dann klatschte er in die Hände, reckte beide Fäuste in die Höhe, und aufatmend reichte Oswald ihm das Blatt.

»Mann, das war vielleicht 'ne Arbeit!« Er löschte das Terrassenlicht und klopfte eine neue Zigarette aus dem Päckchen. »Die Reime kriegt man schon irgendwie hin, die sind leicht. Aber es muss ja auch Sinn haben und sich gut anhören, oder? Immer hatte ich ein Wort zu viel oder zu wenig. Manchmal auch nur eine Silbe. Das war kniffliger als Kreuzworträtsel!«

Der zweite Wagen fuhr davon. Vincent faltete das Blatt zusammen, steckte es in die Tasche. »Es ist super!«, sagte er und ging zu seinem Rad. »Wir sind ein richtig gutes Team. Ich werde es meinen Eltern zeigen, vielleicht können sie es ja drucken lassen. Du bekommst natürlich die Hälfte vom Honorar, und wegen der Nebenrechte müssen wir noch reden.« Er polierte den Klingeldeckel mit einem Zipfel seines Shirts. »Aber weißt du was? Den Schluss hab ich nicht richtig verstanden … Die Maus ist doch tot; sie hat eins mit der Tatze gekriegt, oder? Wieso ist sie dann Katze?«

Oswald schob sich die Zigarette hinters Ohr und half ihm, das Bike über den Zaun zu heben. »Na ja, im Gedicht kann man das machen … Sie wird halt verdaut. Ich meine, wenn du ein Kotelett isst oder ein Hühnchen, verwandelt es sich auch. Es gibt dir Kraft und lässt dich wachsen. Es wird zu Vincent.«

»Echt? Cool«, sagte der und blickte sich um; zwei Finger im Mund, hatte sein Vater einen Pfiff ausgestoßen. »Wir sind aber Vegetarier. Ich darf so was nicht essen.« Dann bückte er sich, schlüpfte auf die andere Seite, und rasch – damit er sich nicht an den

Zaunlatten stieß – hielt ihm Oswald eine Hand über den Kopf.

In der Villa erloschen die Lichter, die Westfenster spiegelten die letzten Schlieren Abendrot, und hinter sich hörte er das Geräusch, das immer entstand, wenn ein neues, den abschüssigen Gang hinunterrollendes Bett gegen die Stahltür schlug, ein stumpfes »Tock«. Etwas flog über den Baumkronen durch die Dämmerung, und man wusste nicht, ob es noch Schwalben oder schon Fledermäuse waren. Der Junge setzte sich auf sein Rad. »Also, mach's gut. Ich muss nach Australien.«

Die Unterlippe vorgeschoben, hob er eine Faust, und Oswald stieß mit seiner dagegen. »Okay, Gangster, pass auf dich auf«, sagte er heiser. »Die Sonne da unten ist nicht ohne. Hab ich jedenfalls gelesen. Es gibt Hosen mit Lichtschutz. Und schreib mir mal ein Liebesgedicht.«

Lachend trat der Kleine in die Pedale. Die Reflektoren an den Speichen schimmerten matt, und die Gangschaltung knackte, während er sich, tief über den Lenker geneigt, die Steigung hinaufmühte. Dabei ächzte er übertrieben. Doch plötzlich blieb er stehen, stemmte die dünnen Beine ins Gras und drehte sich in der Hüfte. »He, Onkel Gabi! Was ich dich noch fragen wollte: Weißt du, warum Bienen summen?« Und ohne eine Antwort abzuwarten, legte er beide Hände wie ein Sprachrohr um den Mund und flüsterte laut: »Weil sie den Text vergessen haben!«

Oswald grinste, winkte, setzte sich wieder auf den Stuhl. Er zündete die Zigarette an und blickte durch den verschwebenden Rauch zu der Villa, wo die Frau gerade die Tür abschloss und der Mann irgend etwas im Kofferraum des Jeeps verstaute. Als das Innenlicht anging, sah er noch einmal Vincents Schopf hinter der Scheibe, sein blasses Gesicht.

Der Motor des großen Wagens klang leiser als das Knirschen der Kiesel unter den Rädern, die Scheinwerfer streiften den Krankenhausangestellten, und dann war die Einfahrt plötzlich leer. Kühl wurde es in der Dunkelheit, erste Sterne funkelten am Himmel. Von Gebirgszügen und Kraterketten grau verschattet, stieg das halbe Mondrund über die Bäume, und lange noch glaubte er ihn in seiner leeren Hand zu spüren, den warmen Hinterkopf des Jungen.

Nun wurde es immer früher dunkel. Fast alle Menschen, mit Taschen und Beuteln bepackt, waren in Eile; die Läden würden bald schließen. Die Buchhändlerinnen auf der anderen Straßenseite kurbelten die Markisen zurück, trugen den Fahrradständer hinters Haus und schoben Kisten voller Sonderangebote über eine Rampe in den Laden. Das Wort »Herbstlese« stand in Lettern aus Styropor zwischen den Bestsellern in den Schaufenstern, und die Bildschirme der Kassen waren bereits dem Bürgersteig zugedreht. Grüne Nullen blinkten darauf.

Einen Becher Kaffee in der Hand, wartete Oswald unter einem Türbogen, den die Reklame eines Zahnlabors nur schwach beleuchtete, und nachdem die Frau sich von ihren Kolleginnen verabschiedet hatte, folgte er ihr in einigem Abstand durch die Fußgängerzone. Sie trug einen knielangen Trenchcoat; ihre schwarzen, knapp über der Schulter abgeschnittenen Haare, mit einem Reif aus der Stirn geschoben, wippten bei jedem Schritt, und obwohl sie kleiner war als die meisten erwachsenen Passanten, hielt sie sich auf ihren spitzen Schuhen so, als wäre sie größer.

Erste Laternen gingen an, und nach einigen Minuten bog sie in eine Passage voll künstlicher Bäume. Auch hier schloss man gerade die Geschäfte, eine Lautsprecherstimme unter der Kuppel bedankte sich für den Einkauf, und glitzernde Konfettisterne wurden über die Menschen geblasen und blieben auf Schultern und Hutkrempen liegen. Kinder lachten, Hunde kläfften, und die Scheiben der Drehtüren spiegelten die Herausgehenden als Hereinkommende wider. In dem kleinen, von schwarzen Wolken überschatteten Park auf der anderen Straßenseite wärmten sich Obdachlose vor einem Feuer, und als einer der Frau eine Pfanne hinhielt, warf sie ein paar Münzen auf das Blech.

Es begann zu nieseln, ein Gefühl wie kalte Folie im Gesicht. Obwohl er Schuhe mit weichen Sohlen trug, folgte Oswald ihr neben dem Weg, auf dem falben Rasen. Sie bog in ein neu gebautes Wohncarré, und er beeilte sich, nah hinter ihr zu sein, als sie in den Schatten eines Hauseingangs trat. Erschrocken schnappte sie nach Luft, und da er das Straßenlicht verstellte, nahm er einen Moment lang kaum mehr von ihr wahr als das abgestandene, nach einem langen Werktag riechende Parfüm und den Schimmer in den großen Augen. Doch ihre Angst war so deutlich in dem Vorraum wie das Flackern hinter den Schildchen der Klingelanlage.

Oswald trat einen Schritt zurück, zog das Basecap vom Kopf und nickte ihr zu, brachte aber kein Wort hervor. Zu Boden blickte er, auf den Gitterrost voller Kippen, und sie atmete hörbar aus, steckte den Schlüssel ins Schloss, und sagte: »Du liebes bisschen! Er nun wieder.« Dann drückte sie auf einen rot glühenden Schalter neben der Tür, und krachend ging das Flurlicht an. Vor der Treppe standen mehrere Kinderwagen. »Und jetzt, Kamerad? Was soll das hier werden?«

Seine Mütze in die Parkatasche stopfend, zuckte Oswald mit den Achseln. »Weiß nicht ... Keine Ahnung«, murmelte er und schniefte leise. »Wollte nicht aufdringlich sein; war grad in der Gegend. Vielleicht könnte man mal einen Kaffee trinken? Oder was essen? Türkisch? Vegetarisch? Muss ja nicht heute sein.« Mit dem Handrücken rieb er sich die Nase, um gleich darauf an seinem Ohr zu zupfen. »Also, ich hab eigentlich immer Hunger ...«

Sein Husten hallte im Treppenflur. Ruhig blickte sie

ihm in die Augen, ohne Furcht jetzt, und als sie den Kopf schüttelte, sah das eher verwundert als verneinend aus. Den Türknauf noch in der Hand, winkelte sie ein Bein an, löste das Riemchen an ihrer Fessel und kratzte sich dort. Dabei maß sie ihn mit einem Blick. »Ach ja? Immer Hunger?« Das Geräusch, das ihre Nägel auf dem Nylonstrumpf machten, kam ihm lauter vor, als es sein konnte, und ihre Zähne waren so weiß und makellos, dass er ihr das Lächeln erst nicht glauben wollte. Langsam erlosch das Deckenlicht, zwei, drei jener Konfettisterne fielen aus dem Schuh, und dann drückte sie die Tür etwas weiter auf und schloss einmal kurz die Lider. »Na, dann komm!«

Sehr leise hatte sie das gesagt. Mit klappernden Absätzen ging sie ihm voraus. Sie wohnte im ersten Stock, Fenster zum Park, und ihr Appartement war ähnlich wie seins, ein Wohnraum mit Küchennische, ein Schlafzimmer und ein Bad. Nachdem sie ihm den Parka abgenommen hatte, wies sie auf das Sofa und öffnete den Eisschrank. »Ich bin nicht besonders gut ausgestattet, wir haben eine passable Kantine«, sagte sie. »Hier wäre noch etwas Nudelsalat, von meiner Schwester. Und eine Pizza könnte ich dir anbieten. Oder ich mache Bockwürstchen warm ...«

Ein Glas Wein in der einen, eine Flasche Bier in der anderen Hand, kam sie um den Küchentresen. Ihr sandfarbener Rock hatte eine etwas steife Glockenform, doch der bordeauxrote Pullover saß sehr eng, und ihr taxierender und womöglich auch ironischer

Blick streifte kurz einmal seine Schuhe, alte Dockers. Sie reichte ihm das Bier und setzte sich an das andere Ende der Couch, schlug die Beine übereinander. »Ich heiße übrigens Jana. Und du? Hast du auch einen Namen?«

Da, wo sie sich gekratzt hatte, war jetzt eine Laufmasche, und er nickte. »Pizza wäre gut.« Dann machte er eine Handbewegung, als wollte er das Gesagte aus der Luft wischen, und schmunzelnd stießen sie miteinander an. Der Lack an ihren Nägeln blätterte schon, und sie fuhr mit dem Daumen über den Glasrand, schien nachzudenken, sagte aber nichts. Müde sah sie aus, erschöpft von der Arbeit, hier und da gab es ein graues Haar zwischen den schwarzen, und schließlich trank sie einen großen Schluck Wein und seufzte: »Was für ein Tag!«

Dann nahm sie ihre Ohrringe ab und zündete eine dicke, nach Lavendel duftende Kerze auf dem Couchtisch an, und als sie wieder in die Küche ging, schwangen die Rocksäume etwas weiter aus. Sie öffnete einen Karton und drehte an der Zeituhr der Mikrowelle. »Also, Oswald, Quattro Stagioni. Das Ding ist in neun Minuten fertig. Teller und Besteck findest du hier, und wenn du noch ein Getränk willst, bedien dich. Ich muss erst mal in die Wanne.«

Sie schaltete das Radio an, einen Sender mit klassischer Musik, und ließ die Badezimmertür einen Spalt breit offen. Er nestelte an seinen Schnürsenkeln und brachte die Schuhe in den Flur. Dann zog er die

Zigaretten und das Feuerzeug hervor und blickte sich um; nirgendwo stand ein Aschenbecher, und nachdem er an den Sofapolstern und den Kissen gerochen hatte, steckte er alles wieder weg und betrachtete die Bilder an den Wänden, hauptsächlich Landschafts-Aquarelle. Doch auf dem Nachdruck eines Kupferstichs war ein düster dreinblickender Engel zu sehen; eine Wange auf die Faust gestützt, hockte er zwischen allerlei Werkzeug und Kram und schrieb oder zeichnete etwas in ein Heft, und obschon der Hund vor seinen Füßen einem kranken Kalb glich, erinnerte er ihn an die Promenadenmischung, die er einmal gepflegt hatte.

Draußen begann es zu regnen. Die Zeituhr der Mikrowelle klingelte, und er legte die Pizza auf ein Küchenbrett und zerschnitt sie in handliche Stücke. Dann nahm er sich noch ein Bier aus dem Eisschrank und sank wieder auf das Sofa. Kauend drehte er den Kopf in die eine oder andere Richtung, um die Titel in den Bücherregalen zu entziffern. Viele Vers- und Märchensammlungen waren dabei, und als Jana aus dem Bad kam und ein wenig Durchzug die herabhängenden Lesebändchen bewegte, musste er plötzlich an Mausschwänze denken. »Ich kenne auch einen Dichter«, murmelte er.

Fremder sah sie aus ohne ihr Make-up und gleichzeitig privater; es gab eine kleine wunde Stelle am Mund. Sie trug einen dunkelblauen Morgenmantel und trocknete sich die Haare, die an den Spitzen feucht geworden waren, und möglicherweise hatte sie ihn nicht verstanden. Jedenfalls sagte sie: »Du kannst ruhig rauchen, wenn du willst«, drehte das Radio leiser und stellte einen Unterteller auf den Tisch. Dann dimmte sie das Licht, und nachdem sie noch einmal Wein in ihr Glas gegossen hatte, legte sie sich auf die Couch, auf einen Haufen bunter Kissen. Dabei hielt sie den Frotteestoff über den Schenkeln zusammen.

Oswald steckte sich eine Zigarette an, und lange sprachen sie nichts und vermieden es, einander in die Augen zu sehen; eine seltsame Scham schien sie zu lähmen. Als müsste der Zeit, die sie durch ihren beherzten Schritt übersprungen hatten, die Gelegenheit gegeben werden, langsam wieder in den Raum zu finden, starrten sie auf das Flämmchen der Kerze und hörten der Musik zu. Es war ein Violinkonzert, das Jana offenbar gut kannte. Sie summte den Schluss mit, und nach den Abendnachrichten, den Meldungen von Tornados in den USA, Erdbeben in Neuseeland und einem Ministerrücktritt in Berlin, lockerte sie ihren Gürtel, den flauschigen Knoten, trommelte mit den Fingerkuppen gegen das Glas und fragte: »Wie sieht's eigentlich aus, großer Mann? Redest du manchmal?«

Er stieß etwas Luft durch die Nase, wischte über seine Glatze und trank einen Schluck von dem kalten Bier. Dann pulte er an dem Flaschenetikett herum, kratzte das Silberne von der Schrift. »Viel los da draußen, oder? Muss Vollmond sein.«

Sie zog die Brauen zusammen, blickte zum Fenster. »Ach ja? Wie kannst du das wissen? Der Himmel ist schwarz.«

Kopfschüttelnd wies er auf das Radio. »Man hört es jeden Monat in den Verkehrsmeldungen«, sagte er. »Immer wenn sich Tiere auf der Fahrbahn befinden, Rehe, Schafe oder Pferde. Der Mond macht sie unruhig, trotz der Wolken. Und dann verlassen sie ihre Verstecke oder setzen über Zäune und Planken und bringen alles durcheinander. Wegen der Liebe ...«

Jana hob das Kinn. Die Haare, die sie sich aus der Stirn strich, fielen fächerartig wieder vor; ein heiteres Erstaunen verjüngte ihr Gesicht. Die Stelle am Mundwinkel mit der Zunge betastend, streckte sie ein Bein aus und drückte die Zehen gegen sein Knie, sehr sanft. Der Frotteestoff verrutschte über den Oberschenkeln; die Haut dort war noch so braun wie vor Wochen und schimmerte von dem Badeöl. »Ich glaube, du bist gut, oder? Du bist richtig stark.« Und als er nichts sagte, nur mit den Schultern zuckte, stellte sie das Glas auf den Boden und beharrte: »Doch, das bist du. Komm, trag mich ins Bett.«

Heiser hatte ihre Stimme bei den letzten Worten geklungen. Die Wangen gerötet, schloss sie die Lider, und Oswald zog noch einmal von der Zigarette und blies mit dem Rauch die Kerze aus. Dann stand er auf, rückte einen Sessel zur Seite, wischte die Finger am Pullover ab und schob die Arme unter die Frau. Ihre Halsader schlug sehr schnell.

Er räusperte sich, schluckte. Irgend etwas umklammerte seine Brust, nahm ihm die Luft und löste sich erst, als er Jana anhob – schwungvoller als beabsichtigt. Viel leichter erschien sie ihm als alles, was er sonst zu tragen hatte, leichter sogar als die Kinder, auch wenn das natürlich nicht stimmen konnte. Ein Duft nach Zitronengras ging von ihr aus, nach Mandeln und Wein, und während er sie ins Schlafzimmer brachte – sie hielt seinen Nacken umschlungen und rieb, als könnte sie es nicht erwarten, die Füße gegeneinander –, wühlte er das Gesicht in ihre Haare, um sich die Augen zu trocknen.

»Was ist?«, flüsterte sie, doch er antwortete nicht. Er drückte mit dem Ellbogen auf den Lichtschalter und legte sie vorsichtig ins Bett. Immer noch flackerte Feuer im Park, und unter dem Fenster schrie eine Katze.

Der Hunger der Vergesslichkeit

Meine alte Tante lebte allein in der Nähe des Goldmannparks in Berlin-Friedrichshagen, in einem einstöckigen Biedermeierhaus, dessen Wintergarten sie als Voliere nutzte, und es war gewöhnlich so menschenleer in der abgeschiedenen Straße, dass die unaufhörlich zwitschernden Sittiche und Grünfinken jäh verstummten, wenn doch einmal jemand an den Zaun trat.

Nachdem ich sowohl den Vorsitz der Planungsabteilung als auch die Prokura verloren hatte, wurde ich von Düsseldorf an die Spree beordert, um die Bauleitung am Adlergestell zu übernehmen, und die Firma ließ mir freundlicherweise die Wahl, entweder zusammen mit den Arbeitern in der Containersiedlung zu hausen oder mir ein billiges Pensionszimmer in Köpenick zu mieten. Davon abgesehen, dass die Leute sich nicht noch am Feierabend kontrolliert fühlen sollten: Wer einmal versucht hat, nach zwölf Stunden Plackerei in Schlamm und Staub zur Ruhe zu kommen in so einem Containerheim, in dem das Wasser im Glas auf dem Schreibtisch zittert, sobald jemand durchs Nebenzimmer geht, und die Radios in einem Dutzend verschiedener Sprachen plärren; wer in seinem durchhängenden Bett liegt und nichts will als schlafen, während er gezwungen ist, dem endlosen Aufklatschen der Karten hinter den Blechwänden, dem Keifen der billigen, zusammen mit der Pizza bestellten Nutten auf den Fluren, dem Urinieren in Milchtüten, die dann aus dem Fenster fliegen, und dem Furzen und Rülpsen bis weit nach Mitternacht zuzuhören, dem ist früher oder später sogar ein einsames Zelt an der Kanalböschung recht. Also entschied ich mich für die Pension.

Dort wohnte man immerhin ungestörter. Doch das verwinkelte Zimmer mit dem Kleiderschrank voller Drahtbügel und dem obskur gemusterten Teppich wurde selten aufgeräumt, die Staubmäuse unter den Möbeln waren fast Ratten, und der Duschstrahl hatte keinen Druck. Im Kühlschrank der Teeküche blühte schwarzgrüner Schimmel, und der Besitzer oder Pächter, der eine Deutschlandfahne über das Schlüsselbrett gehängt hatte und aussah, als würde sein Haarschnitt für ihn denken, der scharf rasierte Nacken, hörte sich meine Klagen zwar an, änderte aber nichts. Sogar das Bett musste ich selbst beziehen, und als ich dabei ein gebrauchtes Ohropax-Kügelchen unter der Matratze fand und es mit spitzen Fingern auf seinen Tresen legte, sagte er nur: »Das kann nicht von uns sein. Hier ist es absolut still.«

Also sprach ich Tante Else an. Sie war die jüngste Schwester meiner Mutter und nach der Scheidung der Großeltern in der damaligen DDR geblieben – aus

»Liebesgründen«, wie sie oft betonte. Die Wohnung im ersten Stock ihres Hauses hatte sie vermietet, aber es gab noch eine ausgebaute Remise im Garten, das ehemalige Arbeitszimmer ihres Mannes, eines vor zwei Jahren verstorbenen, mir nur von Fotos bekannten Ornithologie-Professors, und ich drückte etwas Schlagsahne aus der Spraydose auf meinen Kuchen und sah zu spät, dass sie nicht mehr haltbar war, seit Wochen.

Meine fromme Tante, zahlendes Mitglied irgendeiner apostolischen Gemeinde, betete vor jeder Mahlzeit und veranstaltete Bibelstunden, und meine Degradierung in der Firma in einem Alter, in dem andere die Geschäftsleitung übernehmen, die Zwangsversteigerung unserer Villa, die Scheidung von Helene und die Drogenprobleme unserer Tochter waren sicher nicht das, was sie seriöse Lebensumstände nennen würde; nachdenklich fütterte sie die Vögel. Aber dass ich ihren Tee und ihren Blechkuchen mochte, gelegentlich für sie einkaufte und hier und da eine Glühbirne ausgetauscht hatte, verbuchte sie wohl auf meiner Habenseite, und ich kratzte die Sahne von dem Kuchenstück und folgte ihr kauend in den Garten. Das ist eins dieser traurigen Dinge in den Haushalten alter Leute: das Haltbarkeitsdatum ist meistens überschritten.

Die Betonplatten auf dem Weg zur Remise waren rissig und vermoost. Mein neues, hinter Hortensien gelegenes Domizil hatte ein hohes Zimmer mit Rundbogenfenstern und weiß geschlämmten Wänden, an denen ein verstaubtes Klavier, ein Ledersofa und mehrere Schränke voller Bücher standen; auch der eine oder andere Band der dunkelblauen Klassiker war darunter. Es gab eine passable Küchenzeile mit Campingtisch, und über eine Wendeltreppe kam man auf die knarrende Empore, unter den Winkel, wo ich mir schon bei der Besichtigung den Kopf stieß. Dort war gerade Raum für ein breiteres Bett, denn mein Onkel hatte die Hälfte des Pultdaches abgetragen und eine Terrasse daraus gemacht, mit Sonnensegel und gemauertem Grill – ein idealer Platz für ein Bier am Feierabend, sofern man den Mückenschutz nicht vergaß. Über Dächer und Gärten ging der Blick bis zum See, seinen waldigen Ufern, wo sich nachts die Wildschweine suhlten und an den Wochenenden die Feuer der Jugend brannten.

Außerdem befand ich mich hier auf gleicher Höhe mit der Einliegerwohnung im Vorderhaus und konnte den Mieter meiner Tante fast täglich an seinem Schreibtisch sehen. Ein hagerer Mann Mitte siebzig, trug er meistens Wollwesten oder ärmellose Pullover, und der Kragenknopf seiner Hemden war stets geschlossen. Eine seltsam graue Aura umgab ihn, was nicht nur an den Haaren lag; die große Hornbrille mit den deutlich abgeteilten Lesefenstern setzte dem Gesicht ein paar ernste Halbschatten auf, und auch sein schmallippiger, an einem Winkel tief herabgezogener Mund war wie ein Schrägstrich durch die Vorstellung, er könnte je einen Hauch von Humor gehabt haben. Aber vermutlich überschätzt man die emotionale oder historische Tiefe solcher Mienen; oft sind sie nur Ausdruck des gichtigen Alters oder schlecht sitzender Zähne.

Meiner Tante zufolge war Herr Dr. Wagner bis zur Wende ein leitender Beamter in der Außenhandelsmission der DDR gewesen, Einsatzschwerpunkt Südostasien, und vertrieb sich seine Pensionärszeit gerade damit, ein Buch über den Bezirk Köpenick zu schreiben, wozu auch Friedrichshagen gehört. Dabei legte er eine stählerne Disziplin an den Tag: Öffnete ich in der Frühe die Terrassentür und machte, noch in Shorts, ein paar Dehnübungen im Freien, hämmerte er bereits mit beiden Zeigefingern auf der Tastatur seiner »Optima« herum, dass es nur so krachte. Und wenn ich vor dem Schlafengehen um Mitternacht einen letzten Blick auf die Spreemündung und den Müggelsee warf, hockte er immer noch am Schreibtisch und las mit einer Lupe, und nur die senkrechten Falten zwischen den Augenbrauen waren etwas tiefer als am Morgen.

Er reagierte übrigens nie, wenn ich lächelte oder die Hand hob zum nachbarschaftlichen Gruß; er schien durch mich hindurchzusehen, und erst nach und nach bildete ich mir ein, dass er dem Senken des Kopfes einen kurzen, kaum wahrnehmbaren Heber folgen ließ – der aber auch eine Korrektur der Blickrichtung bedeuten konnte, weil er sich in der Zeile geirrt hatte. Doch ich beschloss, es für ein Nicken zu halten.

Was es wohl auch war. Als ich eines Morgens zu meinem Auto auf der gegenüberliegenden Straßenseite ging – einem dunkelgrünen, gut zehn Jahre alten Bentley Arnage, dem letzten Souvenir aus besseren Tagen –, stand er davor und blickte neugierig durch die Fenster. Er trug ein Sakko mit Ellbogenschonern, und war offenbar auf dem Weg in den Supermarkt, hielt er doch einen jener stumm gemusterten Stoffbeutel in der Hand, die man hier zum Einkaufen benutzte. Vorsorglich klingelte ich mit dem Schlüsselbund.

Dennoch schien ihn meine Silhouette in der Scheibe zu erschrecken; er lächelte verlegen, wobei sich das helle Blau der Augen einen Pulsschlag lang verdunkelte. »Schönes Stück«, sagte er und ordnete die Haare an seinem Hinterkopf. »Eine Wertanlage. Die fabrizieren auch Waffen und Panzermotoren, nicht wahr? Aber Sie sollten die Sitze besser pflegen. Ist das nicht Straußenleder?«

Ich gab ihm die Hand. »Nein, nein«, sagte ich, »ganz gewöhnliche Ziege. Außerdem mag ich die Spuren der Zeit. Und solange die Anwälte meiner Exfrau noch nicht entschieden haben, ob ich den Wagen behalten darf, wird nicht mal der Aschenbecher geleert.«

Wie viele Alte in dieser Gegend roch er stark nach Kernseife, und gemessen an seiner Zartheit hatte er bemerkenswerte Hände. Blass waren sie, weich und nicht mehr sehr kraftvoll, klar, aber ihre Größe hätte einem Betonbauer Ehre gemacht.«Sie rauchen doch gar nicht«, sagte er schmunzelnd.

Er stellte sich mit Doktortitel vor, was ich eigentlich geschmacklos und ein bisschen hochstaplerisch finde; ich denke dann immer an die Kindheit, an unsere Sheriffsterne aus Stroh. Doch als ich fragte, in welchem Fachbereich er promoviert habe, war das offenbar schon zu indiskret oder gar aufdringlich; wie um mir Zeit zu geben, das einzusehen, starrte er einen Moment lang auf seine billigen Schuhe, und ich bemerkte, dass er keine Socken trug. Schließlich machte er eine wegwerfende Geste: »Ach, vergessen wir's. Das war im vorigen Leben.«

Dann fragte er mich, wie es mir in Berlin gefalle, besonders in Friedrichshagen, das er »unser Fritzendorf« nannte. Ich wohnte gern in diesem Bezirk, in dem man das Bettzeug zum Lüften aus dem Fenster hängte, ich mochte die Ziergitter und das Feldsteinpflaster überall, die Parks voller alter, oft riesiger Bäume, den unverbauten See, doch er strich mit den Fingerkuppen über den Kühler und schüttelte den Kopf. »Sie können ruhig die Wahrheit sagen … Ich find's manchmal auch zu piefig hier, zu kleinkariert und ohne Geist. Aber die Wege sind kurz, und man kennt seine Pappenheimer. Im Alter hat das Vorzüge.«

Damit wollte er wohl andeuten, dass auch ich nicht mehr der Jüngste war; jedenfalls zwinkerte er mir zu. Er zeigte sich übrigens erstaunlich gut informiert über meine Arbeit am Adlergestell, dem Neubau umgrünter Wohntürme, in denen es sogar Lifte für Autos gab. Er kannte unsere Probleme mit den Altlasten – der Boden war voller Munition –, die voraussichtliche Dauer der Richtzeit und die Höhe der Vertragsstrafe, falls wir den Termin nicht hielten, eine Millionensumme. Und er wusste, dass ich pleite war. »Aha«, murmelte ich und blickte demonstrativ auf das Handy. »Sie haben meine Tante also schon verhört?«

Den hartlippigen Mund geöffnet, umfasste er seinen Unterkiefer mit Daumen und Zeigefinger, als prüfe er den Sitz der Prothese. Dann schloss er einmal kurz die Augen. »Ich verhöre niemanden, mein Herr. Das war und ist nicht meine Sache. Ich hatte Außenhandelsbeziehungen zu regeln, einen winzigen Teil davon.« Er wies auf mein Nummernschild. »Manchmal sogar in Düsseldorf. Schöner Ort, besonders an den Rheinwiesen und in der Altstadt. Das wunderbare Bier, das man zu den Broilern und Mettbrötchen kriegte! Fast so gut wie unser Köstritzer. Aber die Menschen waren nicht mein Fall, ehrlich gesagt. Alles ein bisschen zu protzig, schon damals. Die Geschmacklosigkeit wohlhabender Düsseldorfer wird nur von neureichen Russen überboten, finden Sie nicht? – Ich mochte Duisburg lieber. Duisburg gefiel mir. Die Menschen hatten was Reelles.«

Es war viel zu früh, um schon dickfellig zu sein, und ich atmete tief. »Oh, das haben sie immer noch«, sagte ich. »Besonders wenn sie einem die Schnapsflasche über den Nacken ziehen, auf der Fronleichnam-Kirmes etwa. Und bei aller Kultiviertheit ist es auch noch heimelig in Ihrem Duisburg: Die unzähligen Schlote und Kühltürme in der würzigen Luft, die rauchenden Halden und der brackige Kanal ... Fast so schön wie in Bitterfeld.«

Die Sonnenpunkte hinter den Lesefenstern seiner Brille glitten die Wangen hinab, als er den Kopf hob. »Nein«, sagte er entschieden. »Da muss ich widersprechen. In den achtziger Jahren roch es kaum noch wirklich arg. Außerdem hatte ich meistens am Hafen zu tun, und wo Schiffe sind, ist der Himmel sowieso blauer, nicht wahr? Wo Schiffe sind, ist Hoffnung.«

Ich verkniff mir die Frage, womit die DDR eigentlich Außenhandel betrieben hatte, von Waffen und Dissidenten einmal abgesehen. Das würde, dachte ich, eh nur mit einem mitleidvollen Lächeln oder mit dem Hinweis auf Meißner Porzellan oder Optik-Artikel aus Jena beantwortet werden. Dem Selbstbewusstsein, das er auf der Kinnspitze balancierte, mochte mittlerweile der Boden fehlen, nicht aber die historisch richtige und in seinen Augen nach wie vor gültige, vom Zeitgeist gerade nur ein bisschen eingetrübte Idee – und dass ich von der keinen Schimmer hatte, bewies vermutlich schon mein Auto.

Mir stand ein harter Tag bevor, dreihundert Kubikmeter Frischbeton, und ich öffnete die Tür, sank auf den Sitz. Doch wenn er diese Abruptheit unhöflich fand, überspielte er das nicht schlecht. Im Park jagten sich zwei Eichhörnchen über den Rasen, ein wildes Zickzack, bei dem die Tautropfen flogen, und er reckte den Arm, sah auf die Uhr und sagte mit einer Miene, in der ich etwas von der Rechtwinkligkeit seiner Schreibtischplatte zu erkennen meinte: »Sie sollten hier übrigens nicht die Zeit verplaudern, Herr Ingenieur. Sie müssen ans Werk!«

Wir arbeiteten mit einem Architekturbüro aus Mitte zusammen, und der Statiker, der ab und zu auf die Baustelle kam, war gut zehn Jahre jünger als ich, Anfang vierzig, und hatte weder einen Bauchansatz noch ein graues Haar. Er trug meistens dreiteilige Anzüge, ohne Krawatte, und wenn er sich im offenen Auto die Budapester Schuhe auszog und in seine Gummistiefel schlüpfte, konnte ich einen Moment lang die muskulösen Waden sehen. Dass die Statik, im Westen die Domäne stets bedenklicher Brillenträger in schlaffen Kitteln, hier von einem gutgelaunten Sportsmann überwacht wurde, belebte mich sehr, zumal er dezent nach »Allure« duftete, und beugten wir uns über die Pläne, um ein Detail zu besprechen, rückte ich oft näher an ihn heran als nötig.

Ohne dass sich dann etwas an seiner Sachlichkeit änderte, wich er keinen Millimeter zur Seite, was ich nicht ganz zu Unrecht als Entgegenkommen deutete. Manchmal, im Gespräch, zog er seinen Ehering etwas vor und tat, als würde ihn die Haut darunter jucken, und eines Abends gingen wir zusammen essen. Dirk hieß er und lachte trotz seiner abenteuerlich schiefen Zähne hemmungslos und fast ein bisschen dreckig, und nachdem wir eine Flasche Chardonnay und noch einen Schnaps an der Bar getrunken hatten, war er es, der unserer zaghaften Umarmung auf dem Parkplatz eine handfestere Berührung folgen ließ und sagte: »Fährst du vor?«

Seine Frau, eine Dolmetscherin, arbeite gerade in St. Petersburg, und so konnte er über Nacht bleiben und mich auf die Art wecken, die Helene nicht einmal in unserer gemeinsamen Jugend über sich gebracht hatte. Anschließend ging er nackt durch die Remise, klimperte auf dem Piano herum und kochte Kaffee, atemberaubend stark. Er stellte mir eine Tasse ans Bett, zündete zwei Zigaretten an, und als er sich herabbeugte, um mir den Rauch über die Brusthaare zu blasen, wurde mir klar, dass ich mich zu zeitig von der Liebe verabschiedet hatte.

Irgendwo läuteten Glocken. Die Sonne schien, die Schwalben flogen hoch. Es war Samstag, und wir frühstückten im Freien, unter den gestrengen Augen von Dr. Wagner, der vermutlich gerade zu Mittag gegessen hatte. Einen Zahnstocher zwischen den Lippen, blätterte er im »Neuen Deutschland«, und Dirk trank etwas Orangensaft und murmelte halb in sein Glas hinein: »Aha …«

Als ich ihn fragte, was das zu bedeuten habe, lächelte er herb und blickte über die Dächer zum See. »Bis vor zwanzig Jahren war Friedrichshagen ein begehrter Bezirk bei den einschlägigen Offizieren«, sagte er. »Ein rotes Kapitel für sich. Die hatten alle Boote da unten, wie die Nazibonzen vor ihnen. Man wohnte schön beieinander im Hochhaus am Markt, das denn auch Stasi-Bunker hieß, und noch heute sind die Segelklubs voll von alten Tschekisten.«

Ich erzählte ihm, dass Dr. Wagner nichts mit dem Ministerium für Staatssicherheit zu tun gehabt habe und Beamter in der Außenhandelsmission gewesen sei, doch er grunzte spöttisch. »Ja, ja, euch Westdeutschen kann man das einreden. Jetzt wollen alle Unbeteiligte oder subversive Widerständler gewesen sein. Aber wir haben einen anderen Schliff im Blick, weißt du. Mein Vater war Pfarrer, ich durfte nicht mal Abitur machen deswegen, und oft standen wir am Fenster, er und ich, sahen uns die vorübergehenden Nachbarn an und zählten sie ab: Eins, zwei, Stasi. Eins, zwei, Stasi. Und wir hatten so gut wie immer recht, wie sich später herausstellte.«

Dann schob er das Geschirr weg und zog mich noch einmal ins Bett, wo er mir mit frechem Witz und eleganter Hemmungslosigkeit wie nebenbei die dumme Angewohnheit nahm, meine Wünsche auf das Maß ihrer Erfüllbarkeit herunterzukochen. Und gibt es etwas Heilsameres für einen Mann, als sich als guten und starken Liebhaber zu erfahren?

Am nächsten Montag, ich kam gerade von der Arbeit und nahm mir vor, das quietschende Gartentor zu ölen, winkte mich meine Tante herein und reichte mir ein Tablett. Eine Terrine Suppe, ein Körbchen Brot und eine Flasche Köstritzer standen darauf, und da sie in ihrem Alter nur mühsam Treppen steigen konnte, bat sie mich, es dem kranken Dr. Wagner zu bringen. – Ich war überrascht; am Morgen hatte er wie sonst an seinem Schreibtisch gesessen, Maschine geschrieben, in Büchern geblättert und Zeitungsartikel ausgeschnitten, doch sie schüttelte den Kopf. »Eine chronische Sache. Böse Geschichte.«

Die alten, an den Kanten rundgewetzten Holzstufen knarrten bei jedem Schritt, der Geruch nach Seife nahm zu, und kaum hatte ich an die Tür mit dem ziselierten Messinggriff geklopft, erklang ein fast heiteres »Immer herein!«. Von einem Plaid bis zu den Knien bedeckt, lag der Kranke auf dem Sofa seines Arbeitszimmers und hob die weißen Brauen. »Na, das nenne ich eine Überraschung!« Er klappte ein Buch zu, irgend etwas von Clara Zetkin. »Roomservice?«

Das Atmen machte ihm hörbar Mühe, und ich stellte das Tablett auf einen Stuhl und gab ihm die Hand; er hatte winzige Einstichstellen auf den Fingerkuppen. Seine fleckige Schlafanzugjacke war nicht ganz geschlossen; eine fast violette Narbe lief von der Mulde unter dem Kehlkopf senkrecht über die Brust, und während ich ihm etwas Linsensuppe auf den Teller schöpfte, erkundigte ich mich nach seinem Befinden.

»Ach, na ja«, sagte er. »Die alte Pumpe. Die hat mich
schon in der Kindheit getriezt. Nun gibt es zwar die
besseren Medikamente …« Er wies auf ein Sideboard,
auf die Folienstreifen und Schachteln, die vor einer
Reihe antiker Buddhas lagen. »Aber in all diesen Pil-
len tickt eine Zeit, die ich nicht mehr habe. Dabei
wäre noch so viel zu tun.«

Überall auf dem Boden Aktenordner, und an den
Wänden hingen Straßenkarten und Fotos von Ge-
bäuden. Ich erkannte das Rathaus von Köpenick,
seine schöne Ziegelgotik, die Bereitschaftswache in
der Bölschestraße und das Forsthaus am See und erinnerte mich an die Worte meiner Tante: er arbeite
an einem Buch über den Bezirk. Ich stopfte ihm zwei
Kissen in den Rücken, legte einen Atlas auf seinen
Schoß und stellte den dampfenden Teller darauf.
»Und was genau schreiben Sie nun, wenn ich fragen
darf? Einen Reiseführer?«

Er ließ sich Zeit mit der Antwort. Nachdem er den
Löffel am Ärmel abgewischt hatte, rührte er in der
Suppe, und ich weiß nicht, warum ich diese Pause
schon wieder als Tadel empfand. Dabei war er wohl
einfach nur hungrig. »Einen was?«, fragte er schmat-
zend. »Na ja, so könnte man es nennen. Eine Zeitrei-
se ist es, also schreibe ich einen Führer in die Vergangenheit. In die dunkelste allerdings. Schon mal was
von der Köpenicker Blutwoche gehört?«

Kopfschüttelnd sank ich auf einen Sessel, und er
nickte bedeutungsvoll, als habe er sich so was schon

gedacht. »Nichts? Rein gar nichts? Stand das nicht in euren Geschichtsbüchern?« Wieder musste ich verneinen, und augenfällig genoss er das Terrain der Überlegenheit, das ich ihm damit einräumte; er beulte die Wange mit der Zunge aus. »Nun, das war eine üble Episode, wissen Sie. Dreiunddreißig, als die Faschisten an die Macht kamen, gab es natürlich längst eine schwarze Liste der Missliebigen und Linken im Bezirk, und vom 21. bis zum 26. Juni ist die SA Straße für Straße vorgegangen und hat sie aus den Häusern geholt. Dabei war man nicht zimperlich, klar. Es wurde geprügelt und geschossen, und wer in seiner Treuherzigkeit glaubte, er könne sich auf unsere Polizeiwache retten, kriegte es doppelt dick. Denn obwohl sie noch nicht unterm Hakenkreuz marschierten, lieferten die Beamten jeden Hilfesuchenden, verletzt oder nicht, prompt den Verbrechern aus. Und die machten kurzen Prozess.« Er zog etwas Knorpel zwischen seinen Zähnen hervor, legte ihn auf den Atlas. »Auch mein Vater ist umgekommen in der Woche.«

Dann zerriss er ein Stück Brot, biss das Weiche von der Kruste. »Das tut mir leid«, sagte ich, und er blickte über den Brillenrand. Es gab einen winzigen grauen Punkt auf der linken Pupille.

»Das will ich Ihnen gern glauben, Mister. Aber es stimmt schon traurig, wenn man sieht, dass der Großteil der Republik keine Ahnung hat von dem, was wirklich passiert ist damals – und darum auch nicht versteht, warum wir alles taten, damit es sich nicht wiederholt.«

Mit dem Löffel zeigte er auf das Foto vom Köpenicker Rathaus. »Dahin sind sie verfrachtet worden; auch ins Gerichtsgefängnis und in verschiedene Sturmlokale der SA – sofern sie sich nicht geweigert haben. Dann massakrierte man sie eben gleich vor den Augen ihrer Frauen und Kinder. In langen Reihen wurden sie durch den Ort geführt, Kommunisten, Sozialisten, Gewerkschafter, Liberale und auch schon die ersten Juden, und die fassungslosen Familienmitglieder gingen auf der anderen Straßenseite mit und durften sich doch nicht nähern. In dem bunt verglasten Saal, in dem Sie heute Ihren schicken Personalausweis kriegen, worin schon wieder alles für die Schergen von morgen steht, wurden sie mit Weidenästen verprügelt und gefoltert, tagelang; das Kreuzgewölbe der Gefängniskapelle hallte wider von den Schreien. Es gibt Berichte, nach denen die SA-Leute eimerweise herausgeschlagene Gehirne und abgeschnittene Finger, Nasen oder Genitalien in die Gosse kippten, vor die Hunde. – Aber davon will keiner was wissen bei euch. Wir haben die Täter vors Gericht gestellt, jedenfalls die, die man noch fassen konnte nach dem Krieg. Viele sind zum Tod verurteilt worden. Doch ihr ... Ihr hört lieber dem Leierkastenmann zu, wenn er vom rührenden Hauptmann von Köpenick singt.«

Bei den letzten Worten hatte seine Stimme gezittert, die Lidränder wurden feucht, und er wischte sich den

Mund mit dem Handrücken ab. Dann reichte er mir den leeren Teller, wobei der Löffel auf den Teppich fiel. Ich musste schlucken. »Aber Sie schreiben doch jetzt ein Buch darüber«, sagte ich ein wenig unsicher und bückte mich. »Das wird so manchem die Augen öffnen, oder? Was genau ist denn mit Ihrem Vater passiert?«

Staub und Haare klebten an dem Metall, und er zupfte an seiner Halshaut herum und starrte so lange aus dem Fenster, bis ich mir schon wieder indiskret vorkam. Doch schließlich drehte er den Kopf, hielt sich zwei Finger wie einen Lauf an die Schläfe und krümmte mehrmals rasch den Daumen. Seltsamerweise grinste er dabei. »Und Sie mussten es mit ansehen?«, fragte ich.

Er winkte ab. »Na, so alt bin ich nun auch wieder nicht. Meine Mutter war im zweiten Monat schwanger mit mir; sie hatten noch nicht einmal geheiratet. Aber ihr Schock, das ist mein Herzkasper geworden. Tja, und dann hat sie mich allein großgezogen, bis Kriegsende. Wir haben schon heimlich Russisch gelernt, als die Sowjets noch hinter Warschau lagen. Deswegen wurde sie auch nicht vergewaltigt; wir konnten in der Wohnung bleiben, und immer hatten wir Kohl.« Er zwinkerte mir zu. »Man muss schlau sein, oder?«

Ich nickte, nahm ihm den Atlas ab und legte ihn auf seinen alten, von Typoskripten übersäten Schreibtisch. Vor dem Faxgerät stand eine knapp zehn Zentimeter hohe Büste, ein schmutzig-gelber Lenin mit leeren Augenhöhlen und einem Spitzbart wie ein Keil, und als ich ihn in der Hand wog, sagte Dr. Wagner: »Ein Geschenk aus Mozambique. Dem sozialistischen natürlich. Ich glaube, es ist sogar Elfenbein.« Er gähnte, wobei sein Gebiss verrutschte. Dann wies er auf das Bier neben der Terrine. »Nett von Ihrer Tante, ich lasse danken. Aber trinken Sie das mal. Mir würde das Blut schäumen bei all den Medikamenten, die ich intus habe.« Grinsend leckte er sich die Unterlippe, eine blitzschnelle Bewegung der Zungenspitze, und plötzlich funkelte es hinter der Brille. »Und am Ende, wer weiß, suche ich mir auch so einen Lustknaben für die Nacht.«

Fast war ich froh über diesen Ton und stellte den Lenin, der übrigens nackte Schultern hatte, auf den Tisch zurück. »Na, warum nicht?«, sagte ich. »Das täte vielleicht dem Herzen gut.«

Doch Dr. Wagner schüttelte den Kopf. Er nahm sich die Kissen aus dem Rücken und sank ächzend tiefer. »Dem was? Sie haben Vorstellungen, junger Mann.« Mit dem Daumen tippte er gegen die Narbe auf seiner Brust; man konnte die groben Einstiche sehen. »Hühnchen haben sie mich in der Ruschestraße immer genannt. Da ist kein Herz mehr. Da sind ein paar Drähte und Schläuche, eine Batterie, und aus.« Dann zog er sich die Wolldecke bis unters Kinn.

Nach diesem Gespräch war die Stille in den Gärten, die ich abends bei einem Glas Merlot genoss, nicht mehr dieselbe. Schien sie sich früher oft in so etwas wie eine mystische Substanz verwandeln zu wollen, unfassbar und nur vage zu beweisen dadurch, dass die Sterne hier etwas heller strahlten als über der Stadt, kam sie mir nun manchmal beklemmend vor, schauerlich auch, als bestände sie ganz aus erstickten Stimmen. Und dann war ich froh über das jähe Fauchen der Schwäne auf dem See oder das Rauschen eines Güterzugs jenseits der Wälder.

Immer öfter fraß die Arbeit halbe Wochenenden weg, und so wurde mir die sonntägliche Teestunde mit meiner Tante zur lieben und erholsamen Gewohnheit, gerade weil unser Plaudern nur ein Austausch der üblichen Floskeln und guten Wünsche blieb, ein »Hauptsache gesund!« in allen Variationen – wobei sie manchmal kicherte, als unterhielten wir uns in einer raffinierten Geheimsprache über etwas ganz anderes. Dann glaubte ich eine fast anarchistische oder frivole Untiefe hinter ihrer Tantenhaftigkeit zu erkennen, was mich ähnlich faszinierte wie die Entdeckung, dass es religiöse Buchhandlungen in Ostberlin gegeben hatte, oder eben einen Lehrstuhl für so etwas Zartes wie Vogelkunde. Als ich sie bei der Gelegenheit fragte, was eigentlich in der Ruschestraße gewesen sei, musste sie eine Weile nachdenken. »Ach so«, sagte sie schließlich: »Wie konnte ich das vergessen. Da war mal die Poliklinik der Stasi. Die haben sogar deinen Onkel behandelt.«

Ich tunkte meinen Streuselkuchen in den Tee. »Im Ernst? War der denn auch bei der Firma?«

Sie machte große Augen. »Um Gottes Willen! Nein, er hatte einen Schlaganfall, seinen ersten, und damals dauerte es ewig, bis ein Notarzt kam. Also packte Dr. Wagner ihn in seinen Lada und raste dorthin. Wir mussten keine Minute warten, er wurde gleich behandelt, und das hat ihm vermutlich das Leben gerettet. Für eine Weile jedenfalls. Darf gar nicht dran denken … Bei uns wurde der Kaffee mit Erbsenmehl verlängert, und die hatten Palmen im Foyer. Es gab eine Bar mit Sekt und Capuccino, gratis, und an dem Kiosk konnten die Beamten Westwaren kaufen – für Ostmark, eins zu eins. Warum fragst du? Baut ihr da auch?«

Zwei Tage später aß ich mit Dirk in der »Spindel«, und als ich ihm sagte, dass er offenbar richtig gelegen habe mit seinem Verdacht, Dr. Wagner betreffend, hob er nur eine Braue. »Ich sehe ihnen weniger an, was sie gemacht haben; selbstgerechte Gesichter gibt es auch im Westen genug«, sagte er. »Ich sehe ihnen vielmehr an, dass sie und ihre abertausend Informellen Mitarbeiter es jederzeit wieder tun würden, und das ist das eigentlich Deprimierende. Konzepte und Programme sind immer eine Form von Beschränktheit. Die haben ihre Gehirne damals ausgeschaltet und leben auch jetzt noch ohne jede Reue, hohle Haut-und-Knochen-Säcke, absolut empfindungslos. Aber was soll's, letztlich wären sie ihren Emotionen auch gar nicht gewachsen. Das hat man nicht gelernt bei uns.« Er stieß sein Glas gegen meins. »Na komm, trink aus. Wir müssen was tun ...«

»Ach ja?«, fragte ich grinsend. »Etwas Wichtiges?«

Er nickte. »Auch Luftschlösser haben ihre Statik.«

Der Sommer wurde ungewöhnlich heiß; wenn man nicht aufpasste, trocknete der Beton schneller, als er abbinden konnte. Meine Tante verließ kaum noch das Haus, und auch Dr. Wagner schien es schlechter zu gehen. Auf der Fensterbank standen kleine Sauerstoffflaschen, eine ganze Batterie, und in der Mülltonne lagen Plastikspritzen und Katheter. Manchmal, wenn ich von der Arbeit kam, parkte ein Kombi mit der Aufschrift »Mobile Hauskrankenpflege, Diabetikerversorgung und Wundmanagement« vor der Tür, und eines Abends, ich saß seit Stunden am Küchentisch und hatte genug von den Summen und Maßen auf meinem Bildschirm, ging ich über den dunklen Hof und klopfte bei ihm an.

Sein »Ja, bitte?« klang zwar etwas zittrig, doch dann schien er sich zu freuen. Er schlug das Plaid zur Seite, setzte sich auf und knipste eine zusätzliche Lampe an. Der blassblaue Schlafanzug mit der feinen Paspelierung war offensichtlich neu. »Danke«, antwortete er

auf meine Frage nach dem Befinden und strich über die Knickfalten auf seiner Brust. »Solange ich noch klagen kann, geht's gut. Nehmen Sie doch Platz.«
Ich räumte ein paar Bücher und Akten von dem Sessel, und er schmunzelte. Obwohl ich ihn lange nicht mehr auf seinem Spähposten am Schreibtisch gesehen hatte, war er genau im Bild über meine Besuche. »Bei Ihnen brannten gestern ja noch lange die Kerzen«, sagte er. »Und nicht nur das, nehme ich an. Hatten Sie mir nicht erzählt, dass sie verheiratet waren? Was sind Sie denn jetzt, verkehrt herum oder normal?«
Achselzuckend wies ich auf den dicken, von einem Gummiband zusammengehaltenen Stapel Manuskriptblätter neben dem Telefon. »Im Moment bin ich eher müde. Was macht denn die Arbeit? Kommen Sie zurande mit Ihrem Buch, Genosse Major?«
Er tat, als hätte er das nicht gehört – oder war es ihm am Ende gar nicht aufgefallen? »Im Prinzip schon, die Rohfassung steht«, sagte er und kratzte sich den Nacken. »Doch je länger man forscht, desto verwickelter wird alles. Tag und Nacht korrespondiere ich wegen der Liste der Toten und Verwundeten, und die nächste Telefonrechnung möchte ich nicht sehen. Aber die Vergesslichkeit ist ein Monster, mit einem Riesenappetit … Die wenigen Augenzeugen, die es noch gibt, sind weit über achtzig und meistens schwerkrank, und die drei oder vier Historiker, die sich überhaupt mit der Köpenicker Blutwoche beschäftigt haben, wissen auch nicht mehr als ich, die Westler schon gar

nicht. Meine einzige Hoffnung sind ein paar Genossen, die früher in unseren Archiven saßen. Und eins kann ich Ihnen versprechen: Dieses Buch wird das erste sein, das ausnahmslos alle Opfer erfasst. Vorher trete ich nicht ab.«

Er hatte Schatten unter den Augen, die schmalen Lippen waren graublau, und obschon ich ihm natürlich recht gab und seinen Willen bewunderte – der buchhalterische Eifer, mit dem er das Entsetzliche in etwas Abzählbares verwandeln wollte, war mir auch wieder suspekt. Mit Fakten hatte ich schließlich den ganzen Tag zu tun, Fakten sind bestenfalls die Wirklichkeit; sie mögen hart oder unumstößlich oder nicht von der Hand zu weisen sein, aber am Ende kühlen sie einen aus. Die Wahrheit liegt woanders.

»Ihre Opferliste in Ehren ...«, sagte ich. »Viel erschütternder fände ich es, wenn Sie ein paar der Details aufschrieben, von denen Sie mir das letzte Mal erzählt haben. Etwa, dass man die Weidenäste aus dem Erpetal, wo alle Welt sonntags spazieren geht, über Nacht ins Wasser legte, damit sie morgens, beim Totschlagen, wieder kräftig federten. Oder dass man die Putzfrau zwang, das Blut ihres Mannes und ihrer Söhne aufzuwischen.«

Was man auch sagte und wie richtig es klang – mit der bedeutungsvollen Pause, die er bis zu einer Antwort verstreichen ließ, wollte er einem offenbar nicht nur Gelegenheit geben, den eigenen Irrtum einzusehen; in diesem geistigen Vakuum sollte man sich auch düm-

mer fühlen, als man tatsächlich war. Kopfschüttelnd
zerrte er an den Revers seines neuen Pyjamas herum.
Irgend etwas schien ihn zu jucken.

»Das sieht euch ähnlich«, sagte er. »Ihr macht aus
allem ein Fernsehspiel, oder? Aber dass ein Mensch
Ideale hat, die mehr bedeuten als Geldverdienen und
Bentley fahren, dass er sein Leben nach ihnen aus-
richtet, glauben Sie denn, das kommt aus der Luft?
In unzähligen Leiden wurzelt das, junger Mann, und
jedes – jedes einzelne! – bedeutet alles, ein Kataly-
sator in der Geschichte.« Erneut griff er sich in den
Nacken, jetzt mit beiden Händen. »Verdammt noch
mal, was ist das hier? Was haben die mir wieder an-
gedreht!« Da beugte ich mich vor und riss ihm das
Preisschild aus dem Kragen.

»Danke!« Er schraubte eine Flasche Wasser auf.
»Mein Vater, ein schlichter Metzgergeselle, der seine Rosen im Vorgarten liebte, alte Stöcke, und nichts
weiter wollte vom Leben als ein kleines Familien-
glück und ein bisschen soziale Gerechtigkeit, musste
da drüben in der Breestpromenade sterben, weil er in
der Gewerkschaft war. Wenn ich das nicht vor Augen
gehabt hätte, wäre ich vielleicht auch in den Westen
gegangen, kann sein. Aber ich wollte nicht in einem
Land leben, in dem die Faschisten schon wieder Rich-
ter, Minister oder gar Kanzler waren. Ich wollte mit-
helfen beim Aufbau einer Gesellschaft, in der solche
Bestien keinen Platz mehr haben.«
Sein Blick hatte sich verdunkelt unter den zusammen-

gezogenen Brauen; die Hand mit der Seltersflasche zitterte, und er keuchte leise, als er trank. Doch auch ich war plötzlich verärgert über eine Auffassung der Geschichte, die ohne Selbstzweifel auskam und in der die Worte Stalin, Stacheldraht und Bautzen offenbar nicht existierten. An die Hinrichtungspraxis in der DDR musste ich denken, den unvermuteten Schuss ins Genick, und wollte gerade zu einer Erwiderung ansetzen, die auch seine Vergangenheit betraf, als ihm etwas Wasser auf die Jacke schwappte. Da konnte ich die Narbe durch das dünne Gewebe sehen, den violetten Strich, und reichte ihm ein Papiertaschentuch.

Ich bin für den Nachdruck nicht geschaffen. Am Ende biegt sich wohl jeder seine Biografie ins Goldene hinein. Ich trat an seinen Schreibtisch und blickte über den Hof. Die Tür und alle Fenster der Remise standen offen, und nirgendwo brannte Licht. Nur auf dem Bildschirm meines Notebooks, das zwischen dem schmutzigen Geschirr in der Küche stand, gingen die Sterne endlos auf und endlos unter. »Es wird leider Zeit«, sagte ich. »Die Arbeit wartet. Lassen Sie mich wissen, wenn ich Ihnen helfen kann, okay? Hier neben dem Telefon liegt meine Karte. Ich bin ganz passabel im Vorlesen, glaube ich; meine Tochter hat es jedenfalls immer gemocht. Und ich habe eine sehr gute Sekretärin, die könnte Ihnen was tippen. Das geht rapp-zapp.«

Er trank noch einmal, bei geschlossenen Augen, und

hob eine Hand, ein stummer Gruß. Die Finger waren an den Knöcheln geschwollen, und zum ersten Mal fiel mir sein Ehering auf.

Indessen nahmen auf dem Bau die Schwierigkeiten zu. Mit ansteigendem Termindruck wurde deutlich, dass ich Architekt bin, ein Mann des Entwurfs und der Planung und nicht der Durchführung. Dem ganzen rumpelnden Ballett aus an- und abrückenden Handwerker- und Hilfsarbeiterkolonnen, Erdbewegungen, Baustofflieferungen und durchdrehenden Maschinen konnte ich keine überzeugende Choreografie geben, und die Achtung der Vorarbeiter schwand – was denen in Düsseldorf natürlich nicht entging. Mein mögliches Scheitern an diesem Projekt gehörte zu ihrem Kalkül, und manchmal war ich abends so erledigt, dass mir der krumme Gartenweg zwischen den Hortensien endlos erschien, fast nicht mehr zu schaffen, und ich im Auto sitzen blieb und auf das kleine Haus meiner Tante starrte.
Inmitten wuchtiger Jugendstilvillen und Designerkisten aus Holz und Glas auf eine tröstliche Weise schief anmutend, erinnerte mich vieles an ihm und seiner soliden Ausführung an den Geist meiner Lehrzeit, als man noch von menschlichem Maß sprach und die alten Poliere den Geschmack der Erde prüften, ehe sie über die Tiefe der Fundamente entschieden. Als man Schicht für Schicht mit Ziegeln im

Normalformat mauerte und Rohbauten wochenlang ruhen ließ, bevor man sie verputzte. Als man brennende Zeitungen in die frischen Kamine steckte, um zu sehen, ob sie zogen, und den Innenputz tagelang lüftete, ehe man Türen und Fenster einsetzte. Dachpfannen wurden leicht gegeneinander geschlagen vor dem Auslegen – nur tönende hielten lange –, Klinker mit Speckschwarten abgerieben nach dem Verfugen, und unter der Schwelle vergrub man Brot und Salz. Denn man baute für die Menschen, für ihr Leben, und nicht für den Investor.

An so einem Abend, die Sonne sank, klingelte mein Handy. Die Nummer auf dem Display wurde unterdrückt, und nachdem ich es entriegelt hatte, war zunächst nur ein Rauschen und Gurgeln zu hören, und ich dachte an Lara, unsere Tochter, die Anglistik in Swansea studierte und mich manchmal aus einer Telefonzelle auf der Steilküste anrief, meistens high. Ich hatte schon ihren Namen auf den Lippen, aber dann sah ich Dr. Wagner im Morgenrock hinter einem der Fenster im ersten Stock und erschrak über seine Blässe, ihren grauen Ernst. Die Haare waren zerzaust, und er hielt sich eine transparente Atemmaske vors Gesicht und winkte mich hoch. Auf der Stirn klebte ein Pflaster.

Meine Tante, die wie jeden Abend Choräle hörte, gab mir einen Teller mit Käsebroten und aufgefächerten Gewürzgurken für ihn mit. Seine Wohnungstür war nur angelehnt, auch das Fenster zum Garten stand

offen, und er saß auf der Couch, eine Sauerstoffflasche neben sich in den Kissen. Die Brille lag vor
den Buddha-Figuren. »Da!«, keuchte er und wies mit
zitternder Hand auf den Schreibtisch. Ein rotes Si-
gnallicht blinkte am Faxgerät, und der Streifen Papier, der bis auf den Boden hing, bewegte sich leicht
in der Abendbrise. »Das ist noch Solidarität! Man
kann sich auf unsere Brüder verlassen. Die definitive
Liste, wissen Sie. Alle Verletzten, alle Toten, bis hin
zu meinem Vater. Ich hab Ihnen doch gesagt, dass ich
es noch schaffe. Jetzt soll Freund Hein von mir aus
kommen.«

Er lehnte sich zurück, der dunkelblaue Frotteeman-
tel verrutschte, und in dem Moment, in dem ich den
Schlauch zwischen seinen Knien sah, fiel mir auch der
Geruch im Zimmer auf. Der Urinbeutel steckte in seiner Tasche, und obwohl Dr. Wagner meinen Blick bemerkte, ging er nicht darauf ein. »Das Problem ist nur
die Schrift. Ich kann das Gekrakel einfach nicht mehr
lesen«, sagte er und rang mit weit offenem Mund –
der untere Teil der Prothese fehlte – nach Luft. Aber
da schien keine mehr zu sein, und rasch hielt er sich
die Maske vors Gesicht. Nun klang seine Stimme wie
aus einem anderen Raum. »Sie wollten doch helfen,
oder? Würden Sie mir das abtippen lassen?« Er drehte
an dem Ventil der Sauerstoffflasche. »Es soll nicht Ihr
Schaden sein.«

Ich winkte ab, riss die Fahne aus dem Apparat und
zerteilte sie vorsichtig in einzelne Seiten, ein halbes

Dutzend. Die Originale waren auf dem Briefpapier eines »VEB Lößnitz, Produktionsstätte Schneeberg« getippt worden, mit einer mechanischen, das E versetzt anschlagenden Maschine, und das Farbband schien schon sehr blass gewesen zu sein. Die Aufstellung, mit *Köpenicker Blutwoche* überschrieben, war alphabetisch geordnet. Hinter jedem Namen stand außer dem Geburtsdatum, dem Familienstand und der Anzahl der Kinder auch die damalige Adresse, und meistens war unter dem Todestag im Juni '33 die Art und Weise der Ermordung angeführt: »Erstochen. Erschossen. Im Tunnel unter der Spree zu Tode geprügelt. Hinter der Alten Försterei stranguliert. Im Müggelsee ertränkt.« Und bei denen, die jene Woche überlebt hatten, konnte man lesen: »Nach den Misshandlungen querschnittsgelähmt; starb 1968«, oder »aufgrund der Schläge erblindet; starb 1990«, oder »angesichts der Folterung und Verstümmlung des Vaters vor seinen Augen wahnsinnig geworden; starb in einer psychiatrischen Anstalt, 2002«. Hier und da fanden sich kurze Charakterisierungen wie »Gewerkschafter, seit 1930 im antifaschistischen Kampf« oder »Schreinermeister, Pazifist, Verfasser religiöser Traktate« oder schlicht »Sozialdemokrat« oder »Kommunist«.

Es gab keinen Abstand zwischen den Zeilen, von denen das alte Faxgerät manche in ein helles Pixelgestöber übersetzt hatte, mit langen schwarzen Flecken dazwischen, und ich trat ans Fenster und hielt sie gegen das Licht. »Alles kann ich auch nicht entziffern, tut mir leid; man müsste die Originale haben«, sagte ich. »Aber Sie sollten sich jetzt schonen, mein Lieber, Ihre Arbeit ist ja getan. Ich meine, am Ende wäre so eine Liste doch auch komplett, wenn sie nur einen Namen enthielte, oder? – Der letzte in dieser Reihe heißt übrigens Uhl. Einen Wagner kann ich nirgends entdecken ...«

Der Kranke legte die Atemmaske zur Seite und streckte sich auf dem Sofa aus, schob die Füße unter das Plaid; dabei blickte er zur Zimmerdecke, wo es ein paar braune Wasserränder gab, und ich fand es erstaunlich, dass er sogar jetzt nicht versäumte, eine tadelnde Weile verstreichen zu lassen, ehe er mir antwortete. Wieder zupfte er an seiner Halshaut herum. »Dass Sie geschichtsvergessen sind, gehört ja wohl zu Ihrer Sozialisation«, sagte er. »Schwamm drüber. Aber dass in Ihrem Alter schon das Gedächtnis nachlässt ... Armes Deutschland. Habe ich Ihnen nicht erzählt, dass die Eltern noch gar nicht verheiratet waren am Tag des Unglücks? Radzuweit hieß mein Vater, Metzgergeselle, ermordet am 25. Juni. Schauen Sie nach!«

Ich setzte mich auf den Bürostuhl, nahm die Lupe von einem Zeitungsstapel und suchte die Zeilen noch einmal ab. Dr. Wagner räusperte sich etwas aus der Kehle. »Er mochte Rosen, die seltenen Sorten, aber das sagte ich ja schon. Er hat Preise auf Ausstellungen gewonnen. Das Haus seiner Eltern steht sogar noch.

Hillestraße, ganz hübsch. ›Energieoptimiert‹. Da wohnen jetzt Westler drin, mit ihren Computerkindern. Jüdisch, glaube ich. Jedenfalls nicht arm. Die ziehen dieses Öko-Gemüse und wollen eine Bürgerinitiative gegen den Flughafen gründen ... Haben Sie ihn?«

Das billige Faxpapier klebte an meinen Fingern, doch die Wörter und Zahlen glitten wie etwas Flüssiges unter der Lupe dahin. »Ja«, sagte ich schließlich und tippte auf das letzte Blatt, auf den handschriftlichen Zusatz *Weitere Opfer*. »Das hatte ich übersehen. Hier steht's. Emil Radzuweit, geboren am 4. Mai 1909, Metzgergeselle. Erschossen.«

Er hustete, sein Kopf lief rot an, eine stumpfe Röte, die Schläfenadern schwollen, und er zog ein fleckiges Geschirrtuch zwischen den Kissen hervor und spuckte hinein. »Meine Mutter erzählte, er habe sich in den Weg gestellt, als jemand weggebracht werden sollte, ein linker Musiker. Er war couragiert und hatte ein gutes Herz«, sagte er heiser. »Aber die Feiglinge knallten ihn einfach ab. Drei Schüsse in die Brust. Und später haben sie bei euch Karriere gemacht.«

Die Falten zwischen seinen Brauen wurden tief. Erneut drehte er an dem Ventil der Sauerstoffflasche und hielt sich die Maske vor den Mund. Sie beschlug und klärte sich im Rhythmus seines Atmens, und ich stand auf und schaute in den späten, über dem Waldsaum schon leicht violetten Himmel, durch den ein paar Kraniche zogen. Im Schatten der Parkbäume spielten junge Hunde. Windlichter flackerten in der Uferbar, auf der Spree wurde ein Segel eingeholt, am Bootssteg ein Dampfer vertäut. Der Kapitän rauchte tatsächlich noch Pfeife, und momentlang war es so still, dass man die Fahrradklingeln im Tunnel unter dem Wasser hörte. »Hier steht aber etwas anderes, Herr Wagner.«

Als ich mich wieder ins Zimmer drehte, wirkte es dunkler, doch die Skleren des Mannes glänzten erstaunlich klar. Er hob den Kopf. Neben den Daten zur Person hatte man eine Notiz mitgefaxt, den Ausriss aus einer alten Zeitung; die Spalten waren noch in Fraktur gesetzt, und der Stempel darunter, kyrillische Schrift, trug die Jahreszahl 1946. »Emil Radzuweit, ursprünglich dem linken Spektrum zuzurechnen, besuchte öfter die Bildungsveranstaltungen der Kommunistischen Partei«, las ich und knipste die Schreibtischlampe an, schwenkte den Schirm über das dünne Papier. »Wegen wiederholter Schlägereien im Vereinslokal aus der Gewerkschaft ausgeschlossen, trat er jedoch im März 1933 der NSDAP und der SA als Mitglied bei. Angehöriger des berüchtigten Sturms *Wendeschloss*, in dem er sich durch außergewöhnlichen Wagemut hervortat, drang er am 25. Juni zusammen mit mehreren Kameraden in die Wohnung des Orchestermusikers Alfons Amthor ein, verletzte ihn schwer und wurde von dessen Bruder Jonathan in Gegenwehr erschossen. Mit einer Browning FN.«

Dr. Wagner ließ die Maske sinken. Der Sauerstoff

zischte ins Leere. In dem Zwielicht schien die Gesichtshaut mit dem ovalen Abdruck um Nase und Mund noch fahler zu sein, und die Wangenknochen zuckten. »Wie ich Ihnen erzählte, in der Breestpromenade. Sie können die Stelle von Ihrer Terrasse aus sehen«, sagte er, zog die Revers seines Morgenmantels unter dem Kinn zusammen und schloss die umschatteten Augen. »Neben der alten Gartenpforte. Wir haben oft Blumen dahin gelegt, Wiesenblumen. Wir waren ja arm.«

Eine Luftblase wanderte langsam durch den vollen Urinschlauch und verschwand in dem Beutel in seiner Tasche, als er sich zur Wand drehte, und ich blickte eine Weile auf seinen Hinterkopf, die flachgelegenen weißen Haare. Das Rückgrat zeichnete sich durch den Frotteestoff ab, und seine nackten Sohlen, die unter dem Plaid hervorsahen, waren rissig und verhornt, die Füße eines alten Mannes eben, und kamen mir doch nicht größer als die eines Kindes vor. Mit dem Daumennagel kratzte er einen Span aus der vergilbten Fasertapete.

»Er war ein stattlicher Bursche«, murmelte er. »Eine Zeitlang hatte ich noch ein Foto, aber dann hab ich's verloren. Hab's verschludert. Mutter schwärmte immer von seinen breiten Schultern. Na ja, er musste Schweinehälften und Rinderviertel schleppen, da kriegt man Kraft. Dass so einer dann Rosen züchtet, sagt doch einiges über den Charakter, oder? Die Rosen des Metzgers. Auch ein Grund, warum ich in

diesem Staat geblieben bin und ihn nach Kräften mit-
gestaltet habe: Das empfindsame Potential von Arbeitern ist allemal größer als das von sogenannten
Kulturmenschen. Die wissen was vom Leben. Die
haben die tiefere Sehnsucht.« Er schüttelte den Kopf,
schluckte trocken, zerrieb den Tapetenspan zwischen
den Fingern. »Na ja, was soll's, mein lieber Klassen-
feind. Geschichte …«
Es wurde kühler. Die Sonne war nicht mehr zu sehen, aber die Schatten der alten Buddha-Figuren,
die stilisierte Haarknoten oder vergoldete Spitzhau-
ben trugen, ragten über die Wände bis hoch an den
Stuck, und ich legte das Blatt auf den Schreibtisch
und die Lupe auf das »Neue Deutschland« zurück
und schloss das Gartenfenster, ehe ich an sein Bett
trat. Er blickte sich über die Schulter um und lächelte
müde, mit einem Mundwinkel nur. »Tippen Sie mir
die Liste ab?«
Der warme Uringeruch, der von ihm ausging, war eigentlich nicht unangenehm. Das Pflaster auf seiner
Stirn hatte sich an einer Seite gelöst, und behutsam,
mit der Daumenkuppe, drückte ich es fest. Aber es
löste sich erneut, und er nickte mir zu und tastete
wortlos nach meiner Hand. Zwei Eheringe steckten
an seinem Finger.

Und das war die Nacht, in der er starb. Die endlosen
Güterzüge rauschten durch die Wälder, die Lichter

der landenden und startenden Flugzeuge im weit
entfernten Schönefeld spiegelten sich im See, die
Kraniche schrien, und er starb, ohne dass ich etwas
bemerkte. Dabei hatte ich kaum geschlafen, trotz aller Erschöpfung nicht, und immer wieder zu seinem
Fenster geblickt, wo nach wie vor die Schreibtischlampe brannte.

Am Ende war die Flasche Wein fast leer, und als mich
das Handy weckte, lag ich in Kleidern auf der Couch.
Es war die Frau von der Krankenpflege; sie hatte meine Visitenkarte neben dem Lenin entdeckt. Kurz darauf kam ein Arzt und stellte den Totenschein aus, und
ich nahm mir den Morgen frei, um meiner Tante, die
auf einem Campingstuhl im Garten saß und schwei-
gend Vogelhirse zupfte, bei den Formalitäten zu helfen. Denn Dr. Wagner hatte keine Verwandten, und
auch die Telefonnummern oder Adressen von Freun-
den waren nirgends zu finden.

Doch als wir ein paar Tage später auf das Grabfeld an
der Assmannstraße kamen, warteten drei Männer vor
der Kapelle, ernste, in graue Windjacken gekleidete
Greise mit einer seltsamen Aura aus Stolz und Trau-
rigkeit, und Dirk stieß mich an. Die Oberhemden bis
zum Hals geschlossen, grüßten sie stumm und hielten
die Hände auf dem Rücken verschränkt, während wir
uns zusammen mit dem Pfarrer bekreuzigten. Auch
beim »Vater unser« bewegte keiner die Lippen. Mit
erhobenem Kinn blickten sie über die Kränze und
Gedenksteine in das Brachland jenseits des Gitters,

wo Disteln zwischen den Fundamenten abgerissener Bauten wuchsen, und kaum war der Tote in die Erde gesenkt und der letzte Segen gesprochen, drehten sie sich um und verließen den Friedhof. Jeder auf einem anderen Weg.

Frischer Schnee

Lars sprach sie an. Er hatte einen Job in Wismar
und einen getunten BMW. Sie waren süß, beide, obwohl mir die Dunkle besser gefiel. Die lachte einem
ins Gesicht, als würde man sich schon ewig kennen,
ohne Angst vor Mundgeruch und so, ziemlich sexy.
Sie kippte die Cocktails wie Zuckerwasser und schien
dir immer in die Haare greifen zu wollen, knurrend
vor Lebenslust. Aischa hieß sie, was wohl arabisch
war, und ihre großen Augen wurden überhaupt nicht
trüb.

Die andere, Marlies, vertrug den Rum weniger gut.
Das Gesicht fing an zu glänzen, und einmal rutschte
ihr der Ellbogen von der Tresenkante. Sie hatte weißblond gefärbte Stoppeln, und ehrlich gesagt mochte
ich ihr Parfüm nicht besonders; es war so schwül und
erinnerte mich an die Pullover meiner Mutter, dieses
Synthetik-Zeug mit den Silberfäden. Der Schweißge-
ruch kommt trotzdem durch, wie die Schimmelflecken im Bad, nachdem man neue Silikonfugen ein-
gezogen hat.

Irgendwann bimmelte die Glocke, und Lars bestellte noch eine Runde, zerrupfte die Pfefferminzblätter
und fragte, was wir mit dem jungen Abend machen

sollten. Dabei war es längst zwei. Aischa, die ihm eine Hand unter das Sweatshirt geschoben hatte, sah ihre Freundin an und bewegte lautlos die Lippen, ohne dass ich etwas davon ablesen konnte. Doch Marlies lächelte benebelt, und da fiel mir ihr angeknackster Schneidezahn auf.

Langsam kriegte ich runde Füße, und mein Kumpel zwinkerte mir zu. Auf dem Weg zum Klo musste man ein Stück weit über den verschneiten Hof und konnte auf den Bahnsteig von Ribnitz sehen. Tauwasser tropfte von der Überdachung, und kaum war die Tür zugefallen, rempelte er mich an. Seine Augen leuchteten. »Na, mein Gutster? Wer wird denn da noch meckern. Die sind ja so was von heiß ... Muss an den Hormonen liegen. Aber wohin mit denen, verdammt? Ist deine Mutter zu Hause?«

Ich schnalzte mit der Zunge. »Wo soll sie denn sonst sein!«

Draußen hielt die letzte Regionalbahn. »Und wir haben Besuch, Silberhochzeit. Lauter fette Tanten. Hast du Schotter für ein Hotel?«

»Sicher«, sagte ich. »Wenn du einen Moment wartest, gehe ich rasch beim Arbeitsamt vorbei. Da gibt's bestimmt eine Sonderkasse für notgeile Fliesenleger.«

Er lachte schweinisch und schlug mir so fest auf die Schulter, dass ich daneben pisste. Eigentlich war ich kein Fliesenleger, kein fertiger, meine ich. Die Firma ging pleite, als ich das zweite Lehrjahr gerade hinter mir hatte. Aber ich mochte den Beruf, und manchmal arbeitete ich ein bisschen schwarz. Auch dem Typen im Jobcenter hab ich das Bad gekachelt, und er versprach mir, in der Richtung weiter für mich zu suchen.

Inzwischen half ich meiner Mutter, die so eine Art Hausmeisterin war. Sie hat's an den Bandscheiben, und es geht schon in die Knochen, wenn du täglich ein Dutzend Betten beziehen musst und dauernd auf den Knien kriechst, um den Leuten ihren Dreck wegzuwischen. Doch das war nur im Sommer so, wenn alle ans Meer wollen; jetzt kamen kaum Gäste in die kleine Apartmentanlage. Ich fuhr ab und zu mit dem Rad vorbei und schaufelte den Schnee vom Gehweg. Oder ich besserte hier und da was aus. Es war ein ziemlich schicker Kasten, mit Whirlpools in den Bädern, Flachbildschirmen und Designer-Küchen, und Frau Sonntag, die Besitzerin, die noch zwei Boutiquen hatte, verlangte in den Ferien pro Tag so viel, wie ich im Monat an Stütze kriege.

»Aber das wär's doch!«, sagte Lars, als hätte er meine Gedanken erraten. Er zog sich den Reißverschluss zu. »Fahren wir ins Fischland! Da ist kein Mensch um diese Zeit, oder? Die Ladys werden entzückt sein. Wir besorgen's ihnen freundlich, und nachher räumen wir alles wieder auf.«

Dann steckte er eine Münze in den Kondomautomaten, doch sie fiel durch. »Kommt nicht in Frage«, sagte ich und wusch mir die Hände. »Meine Mutter hat genug Zoff mit ihrer Chefin. Die pustet über die

Bilderrahmen und wirft ihr alle Naslang vor, nicht genug für die Auslastung der Zimmer zu tun. Dabei hängt sie nur am Telefon.«

Er legte mir einen Arm um die Schultern, drückte die Stirn gegen meinen Kopf. Wir kennen uns seit dem Kinderhort. »Aber jetzt lasten wir sie doch aus! Jetzt treiben wir's in jedem Bett! Komm, sei nicht langweilig, Alter. Ich hab seit Wochen keinen mehr versteckt … Wir machen's zack-zack, und fertig. Kannst auch die Dunkle haben, ist mir egal.«

Ich schob ihn weg. »Die hat dich auf dem Zettel; die steht auf starke Oberarme. Und jetzt Schluss mit dem Scheiß. Ich bin doch nicht blöd! Wenn das auffliegt, und meine Mutter verliert den Job, zahlst du dann unsere Miete?«

Aber er spürte, dass ich weich wurde. Er war wie sein Hund. Hatte der einmal eine Wildfährte, ließ er nicht locker; dann rannte er bis nach Zingst. Als wir an den Tresen zurückkamen, zog Aischa sich gerade den Mantel an, und Kai, der Typ hinter der Zapfsäule, früher bei Media-Max, spendierte noch einen Schnaps; wir waren die letzten Gäste. Auch die Blonde hängte sich eine Jacke um die Schultern, wobei ihr ein Plüschtier aus der Tasche fiel, so ein weißes Lamm, wie es ganz kleine Mädchen haben.

Der Parkplatz war voller Pfützen, in denen sich die aufgeschaufelten Schneeberge spiegelten, und vor dem Wagen gab es eine kurze Verwirrung. Die beiden wollten nach hinten, aber Lars bestand darauf, dass

Marlies sich neben ihn setzte; Schönheit müsse gerecht verteilt werden, sonst würden die Stoßdämpfer quietschen. Er war schon ein perfekter Gentleman, der raffinierte Sack, er wusste immer, wie man's dreht. Ich hielt Aischa die Tür auf.

Sie verzog den Mund und drückte sich in die Ecke. Den Kragen hochgeschlagen, die Arme vor der Brust verschränkt, sah sie aus dem Fenster, als wollte sie ab jetzt nicht mehr sprechen, schon gar nicht mit mir. Doch weil Lars die Karre beim Anfahren zum Schlingern brachte, überall Matsch, musste sie sich auf dem Polster abstützen und rief im selben Moment: »Igitt! Was ist *das* denn? Ich kotz gleich.«

Sie hob die gespreizten Finger ins Laternenlicht, und ich grinste. Auch ihre Ekel-Miene war irgendwie hübsch. »Keine Angst, das sind nur Haare. Von Rufus, einem Setter. Mit dem toben wir immer in den Dünen herum. Der ist noch ganz jung und kann Luftsprünge machen, da denkst du, er fliegt.«

Die Brauen erhoben, starrte sie mich an, als hätte ich etwas komplett Bescheuertes gesagt; die Nasenflügel zuckten. »Hat aber leider Syphilis«, brummte Lars über die Schulter, und ihre Augen schienen immer noch schwärzer zu werden. Doch dann schmunzelte sie streng, sackte wieder zurück und wischte die Hand an meinem Hosenbein ab.

»Wohin fahren wir eigentlich«, fragte Marlies, die sich eine Zigarette angesteckt hatte, ein ziemlich krummes Ding.

Die Straße war geräumt, kein Auto mehr unterwegs. Reste der abgefackelten Döner-Bude ragten aus dem Schnee. An der Tankstelle war nur die Münzsäule erleuchtet, und alle Ampeln standen auf Gelb. »Erstmal nach Dierhagen«, sagte Lars, und gab Stoff. Im Radio wurde vor Glätte gewarnt.

Aischa hatte die Hand auf meinem Bein gelassen. Ich begann mit ihren langen Fingern zu spielen, und obwohl sie darauf einging, starrte sie weiter aus dem Fenster. »Wieso Dierhagen?«, fragte ich und rutschte näher an sie heran. Jetzt fühlte auch ich die Haare auf dem Sitz, und gleichzeitig roch ich ihr Parfüm, das mir viel besser gefiel als das der anderen, irgendwas mit Veilchen, glaub ich, sehr flüchtig. Mein Puls schlug in den Ohren.

Draußen huschten die Bäume vorbei, die Reetdächer und Masten, unsere Knie berührten sich schon, die Schenkel, und sie tat immer noch so, als wäre ich gar nicht da. Erst als ich vorsichtig an der Kragenspitze ihres Mantels zog, löste sie sich von dem Bild der verschneiten Felder und Deiche, und ihr spöttischer Blick schien zu sagen: Nanu, was will er denn?

Der Schwung ihrer Wimpern haute mich um. Das Gesicht war schmal, die Wangen fielen leicht nach innen, und sogar ihr Kuss hatte irgendwie Charakter. Ich glaube, ich bin noch nie so bereitwillig und elegant geküsst worden, so erfahren auch; ich kriegte plötzlich das Gefühl, zu jung für sie zu sein, und musste an die Pickel unter meinem Rollkragen denken. Und dann zupften wir uns ein paar Hundehaare von den Lippen, und ich wiederholte: »Wieso Dierhagen? Da brauchen wir nicht vorbei, Mann. Hab den Schlüssel in der Tasche.«

»Na, umso besser«, sagte Lars und schaltete in den fünften Gang. Marlies reichte uns ihren Joint, und nachdem wir daran gezogen hatten, legte Aischa den Kopf an meine Brust, und ich roch an ihren Locken. Ich weiß nicht wie oder warum, aber die Energie darin hatte etwas mit dem Wind auf den Steilküsten vor Ahrenshoop zu tun. Auch wenn er nicht weht und die Sträucher oder Bäume ganz ruhig stehen, glaubt man seine Kraft zu fühlen in den federnden Zweigen.

Dunkel stand das Haus an der weißen Düne, ohne Fahne auf dem Turm. Den Weg vom Stellplatz zum Eingang hatte ich erst am Vormittag geräumt, und auf der hauchfeinen Schneeschicht, die inzwischen wieder das Pflaster bedeckte, war keine Fußspur zu sehen, nur Möwenzacken. Einen Moment lang überlegte ich, ob wir eine der Parterrewohnungen nehmen sollten; aber die waren behindertengerecht, mit elektrisch verstellbaren Betten, ziemlich empfindlich, und die Bäder sahen aus wie im Altenheim. Also führte ich sie in das Turmzimmer im dritten Stock, ich hatte ja einen Generalschlüssel, und Aischa kreischte leise, als ich den Kronleuchter anknipste. Sie hing schon wieder an Lars' Arm.

Der Wohnraum mit seinen goldgerahmten Spiegeln hatte große Fenster zum Meer hinaus, und vor dem

Kamin, in dem Holz aufgeschichtet war, standen zwei braune Ledersofas mit einem flauschigen Teppich dazwischen. Überall dicke Kerzen, die Lilien auf der Küchentheke waren frisch, und in dem Korb für Obst und Süßigkeiten lag auch eine Flasche Champagner, wie immer, wenn Gäste erwartet wurden. Meine Mutter hatte ihnen sogar eine Grußkarte geschrieben, und als ich ihre Handschrift sah, kriegte ich ein bisschen Muffe.

In der Nacht würde niemand mehr kommen, es war viel zu spät; aber wahrscheinlich fingen am nächsten Tag irgendwelche Ferien an, und ich wollte schon alles abblasen und mit den dreien in den Matratzenkeller gehen, da warf Aischa mir den Mantel zu und verschwand im Bad. Es war mit weißem Granit ausgelegt und größer als mein Zimmer zu Hause, und weil sie die Tür offen ließ, hörte ich sie nicht nur pinkeln. Sie furzte dabei, und Marlies lächelte mich an. Ihre Pupillen waren ganz klein.

»Wollen wir sie köpfen?«, fragte sie, und ich wusste erst nicht, was sie meinte. Ich machte Lars, der am Radio drehte, ein Zeichen. Aber dem musst du schon mit Zaunpfählen kommen. Er kniff die Augen zusammen, leckte sich die Unterlippe, und dann hatte er seinen Sender gefunden, und irgendeine Hip-Hop-Scheiße krachte aus den Boxen – so laut, dass ich den Korken nicht hörte. Er traf mich am Ellbogen, und als ich mich umblickte, tropfte der Champagner aufs Parkett.

Ich lief zur Anlage, stellte sie leiser und wollte schon was sagen, aber na ja … Der Weinkeller war gut gefüllt; Frau Sonntag konnte nicht alle Flaschen zählen. Ich nahm einen Beutel Eis aus dem Kühlschrank, zerbrach ihn über dem Knie, und Marlies verteilte die Brocken auf vier Wassergläser und goss das Prickelzeug darüber. Bei der Gelegenheit las ich den Fehler meiner Mutter; sie hatte Willkommen mit einem l geschrieben. Sie schreibt auch Maschine mit ie.

Ich trank einen Schluck, drehte die Karte um, und dann rauschte die Spülung und Aischa kam aus dem Bad. – Es war so, als hätte man die ganze Zeit nur einen Lichtglanz auf dem ruhigen Meer gesehen, einen vagen Schimmer, wer weiß woher, und plötzlich trieben alle Wolken weg und über einem stand der runde Mond. Sie war völlig nackt, das heißt, sie trug bloß einen transparenten Slip, knapper als ihre Behaarung, und während sie mich ansah mit diesem Lächeln, das man sich freier nicht vorstellen konnte, was sicher auch an den tollen Zähnen lag, schien sie sich erstaunt zu fragen, warum wir alle noch unsere Sachen anhatten. Sie zog einmal kurz die Brauen zusammen.

Viel kleiner und zarter als in dem Club wirkte sie, was wohl daran lag, dass sie barfuss war, und gleichzeitig kam sie mir kraftvoller vor. Keine einzige helle Stelle gab es auf der gebräunten Haut, von dem Glitzerstein im Nabel abgesehen, ihre Brüste mit den etwas erhabenen, wie angeschwollen aussehenden Warzenhöfen schaukelten leicht, und einen Moment lang kriegte ich den Mund nicht zu. Doch Lars, der seine Stiefel in die Ecke gekickt hatte, schälte seelenruhig Mandarinen. »Ich find's ein bisschen frisch«, sagte sie und nahm mir das Glas aus der Hand. »Könnte man die Heizung höher drehen? Hab's im Bad schon versucht, aber das Ding bleibt lau.«

Am Zentralschalter lag das, der nur auf siebzehn Grad stand, wenn das Haus nicht bewohnt war, und als ich durch den Treppenflur in den Keller stieg – ich machte kein Licht, der Schnee am Strand war hell genug –, schlug plötzlich die Glocke auf der Schifferkirche, ein einzelner Ton, wahrscheinlich vom Wind ausgelöst, und drei Marderhunde trabten ein Stück weit über die leere Straße. Die fanden es richtig gut, dass geräumt war.

Im Wäschekeller blinkte das Licht an einem Trockner. Ich öffnete die Stahltür zum Heizungsraum, der auch das Büro meiner Mutter war, und verstellte den Thermostat. Auf dem kleinen Tisch unter den Ferienplänen von Deutschland, Dänemark und Schweden lagen ihre Kladden und der Schlüsselbund. Den Anhänger hatte ich ihr mal geschenkt, Bernsteine vom Nordstrand, und ich zog einen der Stifte aus dem Becher neben dem Telefon und lief wieder hinauf, wobei ich immer zwei oder drei Stufen auf einmal nahm.

Meine Kondition kannst du echt vergessen; ich keuchte fast, als ich die Tür aufschloss. Der Kronleuchter war ausgeschaltet, die Anlage stumm, und Marlies, die auf einem Sessel im Turm saß, einem halbrunden Erker, rauchte schon wieder Gras; blau wölkte der Qualm durch das Mondlicht, und ich fragte mich, wie lange man ihn riechen würde. Eigentlich war das ein Nichtraucherhaus, und nachdem ich ein paar Kerzen angezündet hatte, schrieb ich das fehlende l in das »Wilkommen«.

Dann blickte ich mich um. Obst auf dem Boden, Schalen und Kleider, und die beiden Schlafzimmer standen offen. Ihre Fenster gingen zum Wald hinaus, und in dem größeren, in so einem Bett mit Baldachin, lagen Aischa und Lars. Sie hatten die Nachttischlampe gedimmt und waren unter die Decke gekrochen; ich konnte nur ihre Köpfe sehen, und wie sie sich küssten. Der Slip hing an der Klinke.

Doch Marlies trug sogar noch ihre Daunenjacke. Die Füße auf dem Messingtisch, einen angebissenen Apfel im Schoß, reichte sie mir den Joint, und ich setzte mich neben sie. »Gleich wird es wärmer«, sagte ich paffend, aber sie antwortete nicht. Sie starrte aufs Meer, wo ein paar Eisschollen trieben. Schwarz der Lack auf ihren Nägeln, und die Absätze der Stiefel waren arg zerschrammt; wahrscheinlich blieb sie dauernd in irgendwelchen Gitterrosten damit hängen. Auch die Spitzen hatten kaum noch Farbe.

Ich schloss kurz die Augen; mir wurde etwas schwindelig von dem Dope. Der Mund war trocken, und weil ich mein Glas nirgendwo sah, trank ich einen Schluck aus ihrem, was sie aber nicht zu stören schien.

Erst schmeckte ich den süßlichen Lippenstift, und dann hörte ich das Prickeln ganz laut in meinem Kopf, und sie sagte freundlich: »Könntest du die Hand da wegnehmen, bitte? Ich bin so was von zugedröhnt ... Ich hab das Gefühl, ein Ziegel liegt auf meinem Bein.«

Mir war gar nicht bewusst, dass ich sie dort hingelegt hatte, und als ich mich entschuldigte, lächelte sie und machte noch einen Zug von dem Stummel. Vereinzelte Schneeflocken wehten vorbei, die Kiefern vor dem Haus schwankten, und wortlos blickten wir zum Horizont, wo die Frachtschiffe zum Nord-Ostsee-Kanal oder ins Baltikum fuhren. Immer glaubt man, die winzigen Lichtpunkte finden gar nicht vom Fleck, wie Bojen. Doch dann sind sie plötzlich verschwunden. Im Kamin hallten die Schreie von Möwen nach.

»Was machst du denn so?«, fragte ich. »Geht ihr noch zur Schule?«

»Ich?« Sie knöpfte ihre Jacke auf und schüttelte den Kopf. Wieder roch ich dieses Parfüm. »Nein, nein. Da kriegt mich keiner mehr hin. Nur wenn ich meine Tochter abhole.«

Asche rieselte auf ihren Pullover, was sie aber nicht bemerkte. Viel älter als ich konnte sie kaum sein, doch bei genauerem Hinsehen hatte sie Fältchen unter den Augen. Über den weißblond getönten Brauen waren die Narben alter Piercings zu erkennen, auf den Wangen schimmerte etwas Flaum, und auch der Ring an ihrem Finger war eigentlich kein Mädchenschmuck mehr; er sah richtig edel aus, mit einem wasserblauen Stein, ein Erbstück vielleicht, und als ich nach der Hand greifen wollte, hob sie ihr Glas. Das Eis darin klickte.

»Ich hab bis vor kurzem in Stralsund gearbeitet«, sagte sie und trank einen Schluck. »In einer kleinen Druckerei; Bildtapeten, Wand-Tattoos und Beschriftungen aller Art. Lief eigentlich ganz gut. Du glaubst nicht, was die Leute sich ins Zimmer kleistern. Die leben an der Ostsee und wollen ein Riesenfoto vom Pazifik hinterm Bett. Aber diese Laminierungen, die sind das reine Gift ...«

Sie warf die Kippe in die Tasse, die sie als Aschenbecher benutzte, und ich drehte mich um. Den beiden dort drüben war schon mehr als warm; die Steppdecke und ein Kissen lagen auf dem Teppich. Aischa, von der ich nur die Beine sah, das Licht auf den Knien, flüsterte etwas, ganz schnell, es klang wie ein Hecheln, und kratzte dabei Striemen auf Lars' Rücken. Dem lief der Schweiß die Arme hinunter, und eine seiner Socken – er trug noch Socken – hatte ein Loch.

Grinsend stieß ich Marlies an und zog mein Steinzeit-Handy aus der Tasche; doch der Abstand war zu groß, die Bilder wurden nicht scharf genug. Beide sahen wir auf das Display, fast berührten sich unsere Schläfen, und als ich sie küssen wollte, hob sie schnell das Kinn und sagte: »Krieg ich noch was zu trinken?«

Auch um den Mund herum gab es Fältchen. Der Wind hatte sich gedreht, dicke Schneeflocken klatschten gegen die Scheiben, und manchmal konnte man ihre Sternform erkennen, ganz kurz nur. Niemand war auf die Idee gekommen, die Flasche in den Kühlschrank zu stellen; der etwas zu schwungvoll eingegossene Champagner schäumte über, und Marlies zog die Nase kraus, als ich ihr das tropfende Glas in den Erker reichte. Es war so'n Dankeschön à la Kätzchen, wie es die rosa Tussis in der Schule immer draufhatten, zum Kotzen eigentlich, aber es gab mir den Mut, sie eindeutiger anzusehen, fordernder auch, mit einer Kopfbewegung in den Raum. Mann, mir tat schon alles weh.

Doch sie schlug die Beine übereinander, klopfte sanft auf die leere Fläche meines Sessels und starrte wieder zum Strand hinunter, auf den Tang und die glitzernden Muschelhaufen, als wären wir nur deswegen hierher gefahren. Kein Licht mehr am Horizont. Die vereisten Wellenbrecher, diese Buhnen, sahen wie Backenzähne aus, ein hämisches Grinsen in der Nacht, und plötzlich kam ich mir blöd vor, irgendwie unwürdig, und ließ die Frau in ihrer Kostbarkeit allein.

Ich haute mich auf ein Sofa neben dem Kamin. Auch von hier aus konnte man in den Schlafraum blicken, aber ich tat so, als sähe ich fern – bei sehr leisem Ton, damit ich das Stöhnen mitkriegte. Zweihundert Programme gab es, und am Ende fing ich noch einmal von vorn an und staunte nicht schlecht über Lars' Ausdauer. Wie in seinem Fitness-Keller ging der ran, ruhig und doch mit aller Kraft, und ich glaube, an seiner Stelle wäre ich schon drei Mal gekommen. Schönheit macht mich total nervös.

Aischa war eine richtige Frau; sie wusste, was sie wollte, und nahm sich, was sie brauchte, und allein das war umwerfend. Noch nie hatte ich so eine gehabt. Wahrscheinlich war ich zu scheu; keine Musik in den Schultern. Ich kriegte immer nur die Luschen ab, die mit den hohlen BH's oder schlechten Zähnen oder unmöglichen Stimmen, die sich endlos bitten ließen und dann kaum Ahnung hatten, wie sie einen Mann anfassen mussten, und vor Unsicherheit schnippisch wurden. Oder sie blickten angewidert auf die Bescherung in ihrer Hand, so dass man sich schon wieder schuldig fühlte, und als ich an den ganzen Krampf dachte, kamen mir fast die Tränen. Konnte nicht endlich mal was richtig laufen?

Die Kerzenflämmchen flackerten, neigten sich in den Wachs, und plötzlich hörte ich ein Geräusch, wie Absätze auf der Treppe, und schaltete den Bildschirm aus. Einbrecher konnten es kaum sein, es gab eine Alarmanlage, die jaulte saumäßig. Doch Leute mit Schlüsseln wären jetzt schlimmer als Diebe, und ich richtete mich auf, spitzte die Ohren: Es war aber wohl Marlies gewesen, ihr Stolpern auf dem Parkett. Der angebissene Apfel rollte ihr voraus, und sie setzte sich neben mich und griff nach meiner Hand. Ganz kalt waren ihre Finger.

»Habe ich dich gekränkt? Das täte mir echt leid«, flüsterte sie. Ihr Atem kitzelte in meinem Gesicht.

»Ich finde dich doch nett. Du wärst schon mein Fall. Aber ich war drei Tage in der Klinik, bin völlig hinüber. Es geht gerade nicht, verstehst du? Ich könnte mich nicht entspannen. – Später einmal, ja? Später bestimmt.«

Ich wusste nicht recht, was ich sagen sollte, und lehnte mich zurück, zog an meinem Rollkragen. Wenn es noch stiller gewesen wäre, hätte man das Wachsen meiner Bartstoppeln gehört. In dem Halbdunkel sahen Marlies' Augen wasserfarben aus, wie der Stein an ihrem Ring, und als ich schließlich nickte, schloss sie einmal kurz die Lider und seufzte leise, irgendwie beruhigt. Dann glitt sie aus der Jacke und schmiegte sich an mich. So zart, wie sie war, kam ich mir richtig groß vor.

Draußen schneite es stärker. Der Lichtstrahl der langsam vorbeituckernden Küstenwache streifte das Haus, die Schatten der Flocken fielen schräg durch den Raum und stiegen wieder auf, und wir drehten die Köpfe. Nebenan war die Nachttischlampe umgekippt, zum Glück aber heil geblieben. Lars trug nur noch eine Socke, und Aischa, die ihn ritt, hielt sich die Haare im Nacken zusammen und sah sich nach uns um. »Was ist?«, rief sie atemlos und ohne die Beckenbewegung zu unterbrechen. Schweiß glänzte auf den Brüsten. »Was glotzt ihr denn so? Macht's doch auch!«

Marlies stieß etwas Luft durch die Nase, und in ihrem Lächeln war ein schöner Ernst; ich glaube, sie freute sich für ihre Freundin. Dann nagte sie an der Lippe, wo die Haut ziemlich rau war, und ich angelte die Fernbedienung unter dem Sofa hervor und drückte auf irgendeinen Knopf; um die Zeit sieht eh alles schal aus. Nach einem kurzen Flackern auf dem Bildschirm stiegen Männer mit Nagelschuhen und Lampen an den Helmen durch eine Höhle voller Malereien, Jagdszenen wohl, und wir legten uns hin und stopften uns gegenseitig Kissen in den Rücken.

Marlies' Hinterkopf passte perfekt in meine Hand; die Haare, etwas stumpf von der weißblonden Farbe, knisterten leise, und ihr Parfüm war schon fast verflogen. »Wieso kommst du denn aus der Klinik?«, flüsterte ich. »Bist du krank?«

Sie befühlte meinen Hals. »Ich? Nein, nein. Ich hoffe nicht.«

Ihre Stimme klang jetzt dunkel vor Entspannung, und kaum hatte sie gegähnt, musste ich ebenfalls gähnen. Doch ich wollte auf keinen Fall, dass wir hier einpennten; gleich wurde aufgeräumt, und dann nichts wie weg. Die im Schlafzimmer gaben sich gerade den Rest, wie es schien; das Bettgestell schepperte, die Fransen unter dem Samthimmel tanzten, und Aischa fing an zu wimmern und zu schreien. Auch Lars ließ so ein wohliges Ächzen hören, und ich hoffte insgeheim, dass die Laken sauber blieben. Im Keller lagen zwar reichlich frische, aber die waren noch nicht gemangelt.

Eine Weile lauschten wir reglos, und als sie fertig

waren, betastete Marlies wieder meinen Hals, ganz vorsichtig. Dabei hielt sie die Augen geschlossen und sagte: »Deine Pickel fühlen sich an wie Blindenschrift.« Was ich nicht unbedingt witzig fand. Doch das schien sie gleich zu merken; rasch fuhr sie mir durch die Haare. »Wir haben auch Etikette für Sehbehinderte gemacht, weißt du. In dieser Firma in Stralsund. Na ja, aber hauptsächlich Tapeten. Einer hat sich mal das Bild seiner verstorbenen Mutter hinter das Sofa geklebt, von der Fußleiste bis zur Decke. Ich meine, die Frau war fast hundert, und auf der Vergrößerung sah sie wie eine Felswand aus, voller Moos und Flechten. Gruselig.«

Draußen fuhr ein Auto vorbei, man hörte die Bässe in den Boxen, und wie sie sich entfernten. Jetzt gähnten wir gleichzeitig, und ich umarmte sie fester, damit sie nicht von der Couch fiel. Sie schob ein Knie zwischen meine Knie und schloss wieder die Augen, um die herum es viele kleine Punkte gab, bröckelnde Tusche, und dann – ich wollte sie gerade nach dem Lamm in ihrer Jacke fragen und ihr sagen, was für ein gutes Zeichen es war, dass Rufus schon sein Winterfell verlor – schlief sie wohl ein. Jedenfalls atmete sie regelmäßiger, der Mund öffnete sich etwas, und vorsichtig legte ich ihr eine Hand auf die Brust und verrieb die Asche dort mit dem Daumen.

Auch in dem anderen Zimmer war es inzwischen ruhig; die beiden hatten die Lampe ausgeschaltet. Auf dem Bildschirm glomm ein Feuer, und draußen wirbelte es nur so, ein dichtes Gestöber. Man konnte den Strand, das Meer und die Schiffe nicht sehen. Alle Kiefern waren weiß.

Morgen würde ich noch einmal räumen müssen, wie schon oft, und ich dachte an die unzähligen Schichten Schnee in diesem Winter. In jede hatten sich Wildspuren eingedrückt, auch vor meinem Fenster; wir wohnten am Forst. Dann wurden sie zugeschneit, und über die unberührte Lage liefen andere Tiere in andere Richtungen, und so weiter. Das Licht in den Hohlformen sieht manchmal bläulich aus, und nach jedem neuen Niederschlag glaubt man, diese Muster sind für immer dahin.

Doch irgendwann taut es eben, und ich weiß noch, wie es mich als Kind überrascht hat, dass sie alle wieder zutage kommen, die Spuren, Schicht für Schicht, als hätte auch der Schnee ein Gedächtnis. Sogar in der letzten glasigen, kurz bevor das fahle Gras erscheint oder die eine oder andere Krokusspitze, erkennt man die Tritte von Hirschen, Vögeln oder Hasen, die vor Monaten dort gegangen waren und längst woanders leben. Oder vielleicht sogar tot sind.

Ich wusste nicht genau, warum ich jetzt daran dachte, aber es lag wohl an Marlies' Herz, dem Pochen unter meiner Hand. Weil sie so einen Doppelschlag hatte, fühlte sich das an, als wäre da noch ein Puls unter ihrem Puls, ein zarterer, und auch der schien ein leises Echo zu haben. Und dann schlief ich ein.

Das Werk von Ralf Rothmann
im Suhrkamp Verlag

Messers Schneide
Erzählung
suhrkamp taschenbuch 1633

Kratzer und andere Gedichte
suhrkamp taschenbuch 1824

Der Windfisch
Erzählung

Stier
Roman
Bibliothek Suhrkamp 1364

Wäldernacht
Roman
suhrkamp taschenbuch 2582

Berlin Blues
Ein Schauspiel

Flieh, mein Freund!
Roman
suhrkamp taschenbuch 3112

Milch und Kohle
Roman
suhrkamp taschenbuch 3309 und
Bibliothek Suhrkamp 1440

Gebet in Ruinen
Gedichte

Ein Winter unter Hirschen
Erzählungen
suhrkamp taschenbuch 3524

Hitze
Roman
suhrkamp taschenbuch 3675

Junges Licht
Roman
suhrkamp taschenbuch 3754

Vollkommene Stille
Rede zur Verleihung des Max-Frisch-Preises
edition suhrkamp Sonderdruck

Rehe am Meer
Erzählungen
suhrkamp taschenbuch 3991

Feuer brennt nicht
Roman
suhrkamp taschenbuch 4173

Gethsemane
Zwei Erzählungen
Insel-Bücherei 1354